周涛选本

周　涛　著

新疆人民出版社
（新疆少数民族出版基地）

图书在版编目(CIP)数据

周涛选本 / 周涛著. -- 乌鲁木齐 : 新疆人民出版社(新疆少数民族出版基地), 2025. 6. -- (年轮里的大家). -- ISBN 978-7-228-21635-2

I. I217.2

中国国家版本馆CIP数据核字第2025EK0485号

周涛选本

ZHOU TAO XUANBEN

出版人	李翠玲	策　划	李翠玲　可　木
出版统筹	陈　漠	选　编	朱又可
责任编辑	陶小红　王　慧	装帧设计	王　洋　杨世新
美术创意	饶力文　姚竣译	责任技术编辑	马凌珊
责任校对	张建军		

出版发行　新疆人民出版社(新疆少数民族出版基地)

地　　址　乌鲁木齐市解放南路348号

邮　　编　830001

电　　话　0991-2825887(总编室)　0991-2837939(营销发行部)

制　　作　乌鲁木齐市向好文化传媒有限公司

印　　刷　北京富诚彩色印刷有限公司

开　　本　787mm × 1092mm　1/32

印　　张　10.375

字　　数　230千字

版　　次　2025年6月第1版

印　　次　2025年6月第1次印刷

定　　价　68.00元

目　录

第三辑　命里的街道（散文）

第四辑　器官透视（散文）

第五辑　致新疆（诗歌）

第六辑　遥　远(诗歌)

第一辑

守望峡谷（散文）

坂坡村

一个人只要没有个死去的亲人埋在地下,那他就不是这地方的人。

——引自某名人名作中的一句目前尚不甚出名的话

陈补林的“巡洋舰”开出了太原城。这是白居易他老人家待过的太原,郊外灰蒙蒙的冬日原野上,似乎还能望见他的背影,摇摇晃晃旁若无人地吟哦了一句“离离原上草”,便兴冲冲直奔长安找门路,准备先解决户口问题。“太原白公”,吾甚爱之。十数年前我在库车以西学写诗,远隔千里的郑编辑竟在信中指出“看来你很受白居易诗风的影响”,这使我当时大吃一惊,深为此公眼力叹服。因为本人虽然常爱以李白自命,但其实却更爱读白诗。当时我年轻,爱李诗人狂放,就忘了自己本质是属于白居易的朴素。

朴素如山西,我是山西人,白居易也是。这就是千载茫茫一线相连的东西。车子驶出太原,我便想起他。

陈补林的车在这儿跑起来一点儿不认生,轻车熟路,自己家里一样。半个多小时,它穿过了榆次城我叔父周文焕家。又过了一小时,车子渐渐进入太行山区。

一看见这些黄土堆积起来的山,我就知道,我来对了。在这些山峦掩盖着的纵深处,有一个县,叫"榆社县"。这县不出名,且穷,名列山西省三十一个贫困县之中。县城旁边不远处,有一个村,叫"坂坡村",就是我老家了。

老家于我,遥不可及。遥远成一个父母嘴里依稀残存的乡音,一个孩提时家庭经常重复的民间故事,一个四岁时恍若隔世、不知真有还是假有的梦境……相隔三十六年岁月,相距数千公里路程,除了在履历表上填填,和我这样一个从小生长在天山脚下,而今年过四十,心如戈壁的人还能有什么联系呢?我已经经历过许多事,去过好像也不算太少的地方,能够激起我兴奋惊讶的事是越来越少了。很多曾经使我梦寐以求的事,让我失望;很多让我敬慕向往的名山胜水,令我疲惫。但我知道这并不是因为我老了,对事物的感觉麻木迟钝了,而是因为世界太单调,它没有超出我想象的范围。所以我对这个"老家",也就抱着宁可信其无、不必信其有的态度,免得失望。三十六年来,不曾怀有一定要去寻访一下它的心,即便这次到了太原,也犹疑了十几天。

但是现在,我知道我来对了。

在如此深厚的、浓郁的黄土堆积而成的山丛间驶过时,就像在一大群古老黄河文化的雕塑中穿行:冬日的山峦、土塬、崖坎、谷地、干河、稀稀落落的幼松。可怜的窑洞,坐落在干涸河道旁的谦卑的村落,伸过了土泥巴墙的顶部泛着些暗红光芒的野枣枝,断断续续通向崖畔人家的青石阶,被柴垛倚靠着,被悬吊着晾晒的苞谷的青砖房屋……远远的容易为人望见的山顶上,依然不折不扣地挺立着一棵孤独的树——"消息树"?!

"我的老祖宗啊,你难道果真是这样吗?"

我惊奇地在心窝深处大叫一声,几乎被它这副头一眼望过去就无比亲热的容貌给惊呆了。你简直不能不怀疑那棵孤独的"消息树"会突然倒下来报信,你甚至恍然间似乎已经想见村野的土路上正走过一队后脑勺上挂布拉条子的日本兵，有一个骑大洋马的军官哼哼唧唧地下了马，装模作样地用望远镜望了一番，然后解开裤子在村头的地里撒了一泡根本不属于这块土地的日本尿！……

我的老祖宗呀，如今，你的老儿子回来了。他四岁回来过一趟，那是1950年，他那时是跟着他爹一块回来的，坐过大车，骑过骡子。他记得好像是有过那么一段荒凉的、多风沙的、昏暗而又充满乡土气味的路程，他骑在骡子上曾经兴高采烈了一阵，又喊又叫，手舞足蹈了一番，好像还唱歌了，当晚就发了烧，昏迷不醒，歇宿在一家农舍里。一盏油灯光线微茫，照出土炕周围一片如冥的恐怖，他在高烧中睁眼看什么都是狰狞的鬼脸，土墙上的坑洼，屋顶椽子上对称的疤斑，都成了可怖的嘴巴和恶眼。他爹后来给他讲这一事，说“差点死了，亏是找来了老婆婆，三捏两弄，也奇怪，又活了”。老婆婆是记不清了，但是那铺着破席的土炕，那烟火熏黑的屋子，那油灯一明一灭的样子，他清楚记得。

他叔父周文焕笑着说：“四岁的事还能记得呀？瞎胡吹哩，还不是听你爸讲述的。”

说完，扭过头去问我的堂弟、他的儿子小军：“四五岁上的事你还记得不啦？”

小军说：“我没我哥那么神，不记得。”

我可是真的记得，我还记得坂坡村的石头垒的羊圈，硕大凶猛的牧羊犬，有一只黑狗鼻子破了，拦羊汉说是和狼斗时让狼咬破的。我还记得榆社城的一个学校，土场上有一个土制的篮球架，倾斜如残断的桅杆，表姐的那些土不土洋不洋的同学让我把一只篮球抱起来……

我记得的也实在有点太多，简直不像一个只有四岁的人的记忆。现在我四十岁了，与故乡匆匆见过的一面竟没忘尽，我自己也觉得是有点神。若是坦率地讲，我承认我比一般的人是要聪明一些，我隐约觉得这是因为那个老婆婆在我身上三捏两弄时注入了什么灵气……

马上要进入榆社地界的时候，经过一个上官村。叔父周文焕说：“这地方怪，尽出些呆子、傻子！”话声未落，公路上果然歪歪扭扭地颠来一傻汉，一脸痴笑，向驶来的汽车伸直着一只树杈般的手臂。陈补林将那“巡洋舰”一扭，从他身旁闪掠过去。行驶数米，又连见两个“呆傻人员”，一青年女子行于道旁，衣衫褴褛低首频频如鸡啄米状，另一小孩立在崖畔门户边，面如青石，吐着舌头，目光僵直充满病态。在公路上行车不足二百米，就一连看到了三个痴呆儿。小小的上官村，你这是怎么了？

计划生育办公室的会说这是近亲结婚的苦果，医生或化学家会说这里的井水里含有什么有害元素。但是我，从万里之外归来，一入故土疆界便大白天见鬼似的连连碰上这么几位老乡，陡然间觉得不是扫兴而是心酸起来。我觉得我是那么地对不起他们，好像是故土把它贫瘠土地上仅有的那点聪明灵秀都给了我一个人，才使得他们变成了痴傻儿。

我夺走了他们的运气、机缘、见识和可能得以增长的才干，因而也就夺走了他们的聪明。或者不如说，是他们甘愿把那种类似智慧、运气的东西集中起来，给了我，让我去证明一个更大的、更重要的东西……我若是因为自己多少有那么一点小聪明、小灵气而沾沾自喜，满足于炫耀且哗众取宠的话，那就是我忘了上官村。

鸟有巢，兽有窠。

当我离开祖辈的家园，

对故乡说出“宽恕我”，
青嫩的心是何等辛酸！
兽有窠，鸟有巢。
当我背着破烂的包裹，
跨进陌生的房舍，
我的心忧伤得怦怦抖瑟！

这是俄国诗人蒲宁对故乡的心情，中国古代诗人在描述这种心情时只用了五个字——“近乡情更怯”，然而人类精神的美并不以字数的多少衡量高低，它们同样给了我一只自我观照的眼睛。中国人的家乡观念好像是比别的国家的人更重一些，他们出外混事的时候，家乡是一只从背后望着他们的眼睛，是奋斗的动力源，是与坎坷命运抗争的全部支柱，害怕“愧对江东父老”是准则。混好了，“富贵不还乡，如锦衣夜行”；混不好，宁肯冻死饿死也不回来丢人败兴，这叫“好狗不死家中”。

其实，家乡更应该是一个人浪迹天涯数遭失败之后唯一还能给你些许温暖的地方。当你背着破烂的包裹，从远方归来，家乡应该比别的地方更多一些理解和温情。她包扎你的伤口，宽慰你紧张不安的心，让你感到自己永远不会被彻底遗弃，这才是真正意义上的故乡。

陈补林的“巡洋舰”像一只进港的船似的，从崖口轻轻地滑进去，停住。这就是坂坡村。豪华的越野车停泊在当年太行山抗日根据地的这座依然浑朴简素的小山村，就有了一种不太协调的滋味，而我，惭愧，不是由于衣衫褴褛。车门打开，从“巡洋舰”里钻出个戴变色眼镜的、身高一米八的大个子，活像张灵甫，只是腿没瘸。我不知自己这番模样像什么，反正不像一个寻根忆旧的虔诚艺术家。已经没法补救了，坂坡村已经睁开眼睛看着这个人，辨认这个人，打量这个陌生的坂坡人。

在村口，遇到的第一个农妇，就正在打量我们。叔父周文焕耳聋声大，问道：“你不认识我是谁吧？”

“杰的？”那妇人怯怯地问了一声，猜道，“你是杰的？”

这一猜不打紧，险些把我这个站在旁边的人听得掉下泪来。“杰的”是我父亲的小名，那妇人说这两个字时的声调，和我奶奶生前的一模一样。父亲已经几十年不曾回过坂坡了，他走时，是参加山西青年抗敌决死队去了，当时也就二十啷当岁。设想当初，坂坡村一个姓周的小地主家的后生在省城念高中，念着念着，竟念到决死队里去了。这一去就是几十年，他念挂着这地方，这地方也没忘了他。等到他儿子替他回来的时候，那二十岁的后生的儿子已经四十岁了。

坂坡村唯一的那口井就在旁边。那井幽深，井台上结满冰凌，一个中年人正在上面摇辘轳打水。叔父说："我和你爸就是吃这口井的水长大的。"这井至少已经有半个世纪的历史了，并没有变，水没有干，它留在这儿让我探头探脑往下瞅一眼，黑咕隆咚是时间的肺腑，纵然一眼望到了闪动的水光，但你永远别想看透它有多深。

一口井，它就是一村人的血脉，一村人的口音、容貌、肤色、筋骨和眼神。通过我的父亲，这口井的水，也一定正在我的身体里流动。"谢谢你啦，亲爱的老井！"你深沉，你神秘，你是一个永远被打捞的生活，是简朴乡村的筑向土地深处的喷泉式纪念碑。你落后，你古老，你即将被消灭而且正在被消灭，但是我爱你。我爱你不仅仅是从文化和美的角度，你比自来水龙头更有乡土气，更有个性，也更有人情味，你使我想起有水井处便有词……我希望，在你被自来水龙头彻底取代的时候，你还能以生活纪念碑的方式坐落在某些地方。给落伍的生活方式留下一角，不但不说明你落伍，反而恰恰证明你不落伍。

往这百十来户人家的村子深处走去，那棵肢体高大的、在这仲冬季节虽已光秃但依然显得具有充沛生命力的大槐树下面，便是我从万里之外赶来寻访辨认的门槛了。

我家的门。家门。

它意味着我未曾谋面的曾祖父在这广阔的世界上所选中的一块耕耘立足之地，然后我未曾谋面的祖父以其土地主的全部理想和能力修筑了它，盖起一座具有两层砖楼的庭院，让我的父亲和他的弟弟在这儿出出进进，一个戴着瓜皮帽一本正经地去上学，另一个嬉皮笑脸坐在门槛上玩狗……祖父，因其地主阶级的局限性，被当时投奔八路军的父亲气得郁郁而死，当时，我这颗希望的种子还没有呱呱落地。

我家的门。一座与我最有缘分的四方之洞。

青砖到顶的，白石砌阶的，背倚山崖头遮老槐的，家门。久违了，不管你是老贫农曾祖父选中的，还是小地主祖父修筑的，你都同样牵扯着我的心，使我眷恋、动情。我既不因祖父是地主而自豪,也不因地主是祖父而怨恨,我只能因祖父是祖父而深为“前不见古人”遗憾。在这些砖石上,我体味你当时用手抚摸时的心情,猜想你经常出入时跨进它的样子。“门”,我琢磨着这个简单的汉字所包含的无穷人生哲理。

你可以进去,也可以出来,但是有个限度,大限一到,一进去,就再也出不来了。还有一个门,生命的门。还有许多门,社会的门。每一个门里都是一个世界,完整的,残缺的;每一个门外都是一个世界,广阔的,狭窄的。没有门就没有诞生和死亡,开始和结束,就没有目标和方向,也就没有了禁锢和自由……假如,没有门呢?

我便不可能被囚禁。

因而我便也无处藏身。

我如今来寻访一个门,我看见了它,它和想象的不一样,应该说,比想象的要好些。就是它,这座十分坚实的砖石门楼,成了我进入这人世间的长长的甬道口。

我站在这门外,当我举步准备迈进这门的时候,我犹豫了一下,因为这门现在已经不属于我,必须征得现在主人的同意,我才可以跨进去。门虽健在,内容却全变了。全部幸运在于这座门并不拒绝我,新的主人是我家的一个远亲,她在用酒枣、糖茶、核桃仁招待我的同时,还给了我意想不到的浓郁的乡情。

乡情是什么?是一种特殊的音调?特有的气味和氛围?陌生与亲热的和谐互融?现实与记忆的交叉印证?还是,人和一块浸透了思念感情的土地的情感?不管是什么,我家旧院中的新主妇以完全不同于城市人的感情方式接待了我,并且使我惊讶。

"你是小涛?"在院中,那主妇说,"俄(我)见过你哩,喂(那)年回家儿来,你五岁些吧,就和你奶奶住在喂边的厢房里,可精哩!"这简直比白日做梦……还让人不可思议!这就是说,故乡记得你,旧宅记得你,记得你的小名和旧事。可是,你百思不得其解的是,她为什么就该记得三十六年前偶然回来了一下,然后就杳无音信的一个四岁小孩呢?那小孩既非仙童又非龙种,仅仅是个远亲。三十六年,足以使好几个人死于异土他乡,她有什么必要记得?仿佛记得这些就是为了专等着几十年后,那小孩长大成人,要回来考考故乡的记忆似的。那时候她还没结婚,是个待字闺中的农村姑娘,现在已是五十多岁的主妇,倒不显老。

那四十岁的小孩在这熟悉的乡音和陌生的面孔中心慌意乱却强装镇定，假如不是有周围这么多眼睛，他着实想在这古老的家院里向隅而泣一番……淋漓尽致地为这座曾经布满了他奶奶、爷爷、祖爷爷的脚印和手印、汗水和泪水、哭声和鼾声、血肉味儿和屎尿味儿……的院落而号啕痛哭一场！有一种忏悔欲搅拌着伤心，还有一种人生感浸泡着凄凉，在他走过了四十年的说坎坷也不算坎坷、说漫长也只觉刚开始的人生旅途之后，他才突然感到，自己与那些已经远离人世的亲人们，正越来越近了。

我相信，当我在这院落里观看、询问的时候，当我在我奶奶的坟地周围站立、凝思的时候，一定，我的那些先人们的魂魄正聚集在一起，正在一个说不清的什么地方，盯着我。

盯得我脊椎骨发凉的，是我奶奶那一双苍白的眼睛。我正在她老人家的坟前伫立，面对一座杂树丛生的黄土断崖，脚边，是覆盖着积雪的松软温厚的黄壤。枯黄的草秆像死去的人们一样凄凉而又挺直，远处层层叠叠的黄土山峦像逝去的岁月那样以汹涌的姿态凝固在天空之下。这儿是一处高冈，站在这儿，整个坂坡村便像一个被拉远的镜头那样，无声地、错落有致地静卧在冬日迷人的阳光下，一片黄光灿然。

奶奶您埋在这儿，就不会感到冷了。

但是您得宽恕您的长孙，他从那么远的地方来到您的坟前，却没有扑通一声跪下，也没有上供、燃香、烧纸钱，而且还没有哇的一声为您号哭一阵。相反，他满脸似笑非笑，口衔过滤嘴香烟，斜披大衣走来走去，好像不是来看奶奶的祖坟而是视察一个阵地。但是他恰恰就是在满不在乎地忽略了这些传统祭奠方式的同时，在内心，在您那双苍白的老山羊一样的眼睛盯注下，一丝不苟地回忆了您。

现在您死了，但是您活着的时候，曾经在北京海淀区追打过他，您最善于用扫床的扫帚疙瘩打击晚辈的屁股，打得气势汹汹却不疼，您当时就充满了中国特色、中国气派，每一扫帚疙瘩打下去，都打进了中国农村妇女咬牙切齿的仇恨和莫可名状的深爱。这完全是一种打给外人看的打，也是一种挚爱的表达方式。除此之外，您抓不住他，他像一只不沾家的野猫，您却缠着小脚，黑色的糖三角。您像王母娘娘一样高举扫帚疙瘩，他像孙猴儿一样绕着桌子逃窜，还不时笑嘻嘻地逗您。结果，这种追打成了祖孙之间认真的游戏。

只有一次您干了对不起他的事，那是当他第一次捕获了一只活麻雀的时刻，您，怀着对自己孙子如此重大的成功的喜悦，急忙从笸箩里找出一根线："来，让奶奶给你拿线线系住。"结果，由于您眼花、手哆嗦，也由于您过于认真，麻雀竟在两双手交接的刹那乘隙飞起了，飞得自由自在直上云天，仿佛从来没有被捕过……这对他当时打击之沉重，绝不亚于今天丢了全部存折，他那悲愤异常的哭声直到今天还隐约可以听见。

奶奶之所以是奶奶，犹如历史之所以是历史。每个人之所以必须有一个奶奶，恰如每个人应该在学龄前接触一部活着的历史教科书。历史是黑色的，奶奶的脚也是用黑绒面布鞋包裹着的。我终生难忘的是奶奶捏住我的鼻子让我擤鼻涕时她那手指的味道，有一股强烈的肉腥气，还有洗碗布和剩饭的味儿。她老人家的手捏得我鼻子疼，简直是受刑，我至今不明白她为什么老要替我擤鼻子。最后一面见奶奶是我十四岁那年，在临汾，表姐家。进门时已是黑夜，奶奶翻身从被窝里爬起来，衣服也顾不上穿，一下把我揽在怀里……她那苍白而又枯瘦的身体依然透出一股只有我能嗅得到的温暖、熟悉、强烈的肉腥气——血统的气味。

之后，我记得她第二天看见我骑自行车上城的时候，在背后以极其憨傻的口吻赞叹道："俺孩的什么都会！"

再之后，她就再没有在我的视野里出现过，直至最后埋进眼前这座断崖之下的黄土里。

奶奶，我走了。我没磕头，也没烧纸，但这次回去以后一定把您的情况告诉您儿子。他也已经快七十岁啦，耳朵聋，但是能吃。他曾经是一个优秀的父亲，现在是一个愚蠢的爷爷。他是孙子们最忠诚、最心甘情愿的奴仆，然而却最不被崇拜，当然最后换来的也许是最没有条件的爱。

沿着埋我奶奶的黄土高冈往村里走，坡坡坎坎上小块的田里被翻起的土坷垃已经露出积雪，被温柔的阳光晒着。顺手抓起一块，一捏，便成了细碎的壤粒。这土壤，干净，纯正，嗅之若有雀巢咖啡的香味。这就是人们赖以生存的那种伟大的东西，溶化了一切，包括最神圣的和最污秽的，血液、汗水、尸骨、毛发、粪尿、爱情、仇恨、遗憾、理想和垃圾……最终，土壤不但没有被污染，腐败，反而越加深厚、丰沃，保持着一年一度的历久不衰的生殖力。

“你应该包一块坂坡村的土，带回去，给我大爷看看。”堂弟说。

“那就未免太像所谓诗人了。”我让掌中损坏碎了的土壤细末从手指间渗漏下去，一股轻尘黄雾般随风而落，然后拍拍手掌，没事了。土就是土，因其深厚方为壤。一捧土不是黄土高原，正如一杯海水不是海。何况，写诗的人行为做派、言谈举止太像诗人，又是一件最要不得的事。在生活中，一个人若是老押着韵说话，充满夸张想象力地待人接物，该有多么让人讨厌！干什么的就不能太像什么，太像了，说明他正在极力模仿和扮演。

坂坡村里的狗，似乎没有我四岁回来时那么多了，拦羊汉也没见到。那时，村里的狗像羊一样成群，现在只像一些孤零零的觅食鸡。我属狗，对此好像村里的狗也都略有所知似的，我走进每家院门，狗都不咬，反而摇头摆尾地首先凑过来，仿佛我是专门来看望它的。我也觉得不该对狗表示冷淡，第一因为它们是我的属相，这就是不可忽视的缘分和天意；第二因为我从小听父亲所讲述的“家史”中，没有哪位先辈的形象能比我家当年所养的一只名叫“二花狗”的牧羊犬给我留下的印象更深刻和更让我充满自豪感。

据说，二花狗是祖父用背篓背回来的一只小狗，黑白两色相间，故名“二花”。一路背回来，它一泡尿灌了祖父一脖子，关在家中养到半大，放出去一叫，压住了半村子的大狗。后来它一一战败附近的狗，便去看羊，打败过豹子，独身迎战过八只狼……父亲这么说，叔父周文焕也这么说，于是那只狗简直成了传奇，战无不胜，攻无不克。我从小便怀疑，但是父亲说得很有根据。他说，狗打狼，不能咬，只能用胸脯冲撞，狼脖子上毛硬，狗一咬上，就卡住喉咙，直咳嗽，狼就趁机扑过去把狗咬死。可是二花狗有办法，它腿粗，胸部强壮，脖子上戴着刺钢圈，总能把狼撞得跌跌滚滚。现在想来，狗的故事之所以能够载入“家史”，说明坂坡村当年常闹狼患，一问，果然。村里的人说，直到现在，冬天打不上食时，村后的崖畔上偶尔还能望见转悠的狼。我又问起二花狗的事，村里人就不明白了，只是笑着说：“你小时候回来就爱见狗的。”

其实呀，家乡就是一只你祖辈上养过的不死的老狗，它总是不知什么时候就回来了，悄无声息地卧在你记忆的门前……(对不起,譬喻总是蹩脚的。)

我过去也养过一只玉石眼的黑狗,养了时间不久就丢了。十多年后,我从少年变成了戴眼镜的青年,有一次和同学去郊外远足,突然从一家农院蹿出一只黑狗向我们扑咬,我稍一定神就认出来了,是它。"黑子!"我叫了一声它过去的名字,它就愣住了,迟迟疑疑,若有所思地直望我。我又连叫数声,那狗,进几步,退几步,突然像小狗崽似的尖声呜咽起来,将头伏于地上,尾巴犹疑地摇动了几下,仿佛被两种看不见的力量争夺。然后,猛然间扭转头,飞奔着逃走了。这就是狗,一种有记忆、有灵性、有感情,甚至似乎有道德标准的动物,它在我面前展现的这一幕,使我不仅十分感动而且十二分伤感。

坂坡村变化不大,依旧是水井、土崖、老槐、石屋、窑洞;依旧是吃酒枣、荞面猫耳朵,喝钱钱稀饭,吃煮疙瘩;依旧是家家门前卧狗,户户窗下行鸡。唯其如此,坂坡村淳淳的乡情犹在,古朴的村风四溢。石碾旁用黄豆压钱钱的妇女正持箕而笑,不时扬手挥去在一旁假装散步而实则偷窥碾上黄豆的鸡子。鹰鼻豹眼、衣着洁净的老人庄重而有风范,他们有一种不读书的文化感,好像是祖辈给这里遗留下来什么规范和准则、礼仪和风度。一位八十三岁的老婆婆双目失明,头脑却极清晰,她整天盘腿坐在炕上但无事不知。她是我奶奶生前的好友,当我去拜望她老人家时,只见她双目微闭嘴唇却依然鲜红,身体枯瘦萎缩,皮肤却白皙无比透出淡蓝色的腕上细脉,手腕宛如苍老枯干但表皮细腻纯净不减当年的白蜡木杆。老婆婆盘腿端坐炕上,伸手握住我的手,如传经布道的仙人,如起死回生的灵尸,她老人家满含深情地给我讲述我奶奶的为人,我爸爸的品行,我四岁上回来时的所作所为,她甚至竟然知道远在万里之外的我父亲前一段住院的事!我从未见过如此年迈失明而又洁净明白的老人,如此地富于人情味和仙风道骨,实在令我钦佩之至。在她身上,也许就体现了这个以不变应万变的太行山村独特的文化、品格和魅力。八十三年的岁月,使她出神入化!

于是我坚信,坂坡村的这一支人口,一定曾经有过一位胡人祖先,否则,老婆婆白若冰雪的肌肤和山民们的高鼻梁不是都没有办法解释了吗?

我忽然有了一个念头，极想在村里住上一夜。我觉得这样可能会有什么奇迹，类似梦中幽会到一些祖先的魂灵，面授来自另一世界的指点和秘传……

然而没住成。因为我还有一位极重要的亲戚，就是我四姑，必须去看望，她住在离坂坡村十余里的更偏僻些的北枣林村。这位四姑曾经在二十世纪六十年代初去过新疆，和我家一起生活过两年。她现在是留在这里的我唯一的近亲。

陈补林的“巡洋舰”便插进铺满冰雪的山间窄道，沿河而行，给迎面缓缓行来的牛车礼貌地让路，向横在路间的扁担和粪筐鸣笛致意。当它开进北枣林村时，正值黄昏落日一片孤城万仞山、背景光芒刺目之际，坐在村口的一排老头不约而同像敬礼似的举手遮眉向我们望来，如山村仪仗队。

北枣林村，更小、更山村的一个村子。

我决计要住在这里了。我若不在这里住上一晚，就觉得和没来过一样。当晚，车子开回县城，我便一个人留下来，等待奇迹。

四姑的语言首先使我发现了在那种亲切的韵调之外还具有的特殊的文雅词汇和表现力。

当她领着我爬上山坡进院时，她对那朝我狂

吠的狗以无可奈何的口吻说:"狗的呀叫呜儿呜儿的,好你哩,你可叫的甚哩呀?"她不说狗叫是"汪汪",而说是"呜儿呜儿",这就有一种凄凉的山野韵味。

踏进她家的院门时,四姑转过头来说:"恓惶的俺孩的,可把人想煞呀!"然后她又说:"俺一辈的恓惶得也没啦捉务下一个孩的……你爸爸人性可好哩。"

"恓惶",这是个多么文雅的词。她不识字但是在她的语言里就积淀了一些极文化的语汇,"想煞""眉眼""捉务""人性",这些词,她随口即是。在最没有文化的人们口里,也流荡着古老中原文化的影子,我不知道什么叫作"没文化"了。

我想,大概没有多少人比我对这种僻远山村的古老文化更敏感、更亲切。这并不因为别的,而是因为我来自新疆那样一个弥漫着多民族文化氛围的地方。

我盘腿坐在炕上,手偎向炕上的火盆,火盆里是灰烬掩着的暗红的棘柴火,暖手而经久不灭。棘柴细如筷子,粗如手指,取自崖坎,木质细硬如煤,姑夫说"可耐烧",我觉得这也叫"天无绝人之路"。

这幢房子，据姑夫说，买下六十年了，虽旧，窗棂上的木格图案却很美。奇怪的是寒冬腊月的竟在窗上留有一掌大的方洞，用布帘遮住。一问四姑，说“那是猫道”。话音未落，果有一只肥大之猫熟练地顶开布帘钻入。

当我在炕桌上和姑夫一起深夜小饮时，四姑便用酱豆腐、炒鸡蛋、煮饺子为我们弄了一桌。没有什么筵席比这酒喝得舒心。红泥小火炉，能饮一杯无？晚来天欲雪。犬吠深巷里。古诗乱七八糟地涌出来，与这小山村的大寒夜浑然一体，使人不辨今夕何夕，不知古人为我还是我为古人，赵钱孙李周吴郑王还有杨白劳……轰然而来倏忽而去矣！

我这四姑夫，年过七十，衣冠昏暗陈旧，却是一九三八年的老党员，抗日战争时的老村长。他没多少文化，表面一副农民的谦卑，眼神里却隐含着一种把世事看透、人心洞穿的骨子里的倔硬高傲。

我爱和他聊天。把盏而谈，盘膝而坐，我觉得是在和一个熟识的老教授在一起，自然而又舒适，极有深味。

我带给他一条十多块钱的过滤嘴香烟，他便

告诉我说:"那一年,人家给俄了一筒筒带把把的烟,俄说,俺们受苦人的命也不值喂烟钱……"他把话说到这个高度上,我便多少能品出些意味了,他毫不掩饰地承认并自称"受苦人",还以开玩笑的口吻承认自己的命不值那烟钱,就向我展现了他这太行山老农民的天然的大气!穷而不酸,穷而不装富,穷而不自以为还不算穷,这就不卑。他嘲笑的不是自己的命,而是这世上竟有比他的自嘲更荒唐的人生哲学!

七十多岁的老姑夫咂着白酒,他握了一辈子锄把子的手粗糙而又僵硬,捏着一双筷子显得那筷子太细、太轻巧,老像是要从他指头缝里漏下去。种了一辈子地的人,吃起饭来却显得别扭、不习惯,好像是不太会。他喝了酒,说话就更有意思。

"那一年,人家说,你是老党员、老村长,七十六岁了,还要继续努力呀!林业局飞机撒种,叫俺刨坑坑,俺们受苦人就蹲到外山上去刨坑坑了。"

"不过俺们还能往甚的地方'努力'呀?再努力,就是往棺材里努力了。"

这时,四姑眼睛里闪过一丝鼠似的惶恐,赶快说:"不要瞎胡说!"

姑夫笑了笑，便改了话题："那一年，小涛你回来，在坡坎上你爸爸引着，我逗你，说你是小地主，你就眉眼不高兴，好好好，说你是小八路，可高兴哩！拿手比个枪，叭叭叭！"

三十六年前的真实的小小细节，像预言似的，概括了我四十年的全部人生经历。二十年来，我的政治命运就一直变化在这"地主"和"八路"之间，有时候，我是地主的子孙，有时候，我是八路的后代。时起时伏，十年河东十年河西，既是地主也是八路，既因八路沾光也因地主倒霉。这是一个血统的时代，而我偏偏两者都有。而这一切，恰恰都被三十六年前的逗笑预示了，这，就是命运和奇迹。

乡村的冬夜黑得早，十点钟，就已深如古井了，我睡在铺油布的土炕上，挨枕便着，死一样毫无知觉，与长夜浑然一体般直至天明，半点梦的影子也没有。然后我醒来，听见有搓苞谷粒的声响，一声一声，像牛的迟钝的牙齿在反复咀嚼。

我披衣而起，悄悄地转到屋后直上崖坎，登数十米，便见山坡上一片枣林，枝上落着一只斑鸠和一只喜鹊，四周一片山峦，清静而荒凄，北枣林村筑于河畔，沿一面山坡错落成村，晨起而望，极美。我走近那枣林几步之差，斑鸠才离枝向谷地飞去，鸣声嘹亮，在清寂中格外悦耳，喜鹊依然不动。

“这山里，有狼、狐子、山猪、山公鸡、大豹子、獾子、野兔……”我想起四姑夫昨夜聊的话，又想起来时沿途偶尔见到的背火枪的山民，觉得这山村世界是那样熟稔可爱，如果仅仅因“落后”的罪名将它们彻底铲除，换上新的建筑，那该是多大的遗憾。这就像把自然的树林伐掉而栽上统一的树苗一样，让人兴味索然！

越是在现代的生活里，人就越需要在某个时候，住到这样清静简朴得近乎荒凉的山村里来，我想这简直是极好的一种旅游。只有在这样的山里，才能看到后来我们在归途看到的一幕：山崖上有两个乡童，一样高矮胖瘦，一样眉眼衣着，绝似两仙童，在山崖上抬石板玩，一、二、三，扔到崖下，自寻乐趣。

太行山也好，浊漳河也好，坂坡村旁的文峰塔也好，榆社城的古脊椎动物化石馆里三米长的猛犸象牙化石、精巧如雕刻的远古三趾马头骨化石也好，奶奶的坟地也好，四姑的乡音也好，飞走的斑鸠或没有飞走的喜鹊也好，如今，又都已经远隔了。

现在，我的案头正放着一封来自榆社一中的名叫宋西江的陌生读者的来信，传来了一些爱乡讯息。他要去兰州，想约我这老乡晤面，遗憾的是，我不在兰州而在乌鲁木齐。信中说："如果你大放悲歌对家乡抒情，我只能睁大发红的眼睛，夹着淌不出的泪花，以剧烈起伏的胸膛来……(后两字认不清)"

我不知道这篇散文算不算是"大放悲歌"，不过，我还是盼望他和家乡更多的人能够读到，因为我从榆社返回太原的路上就夸下了海口，我说，我一定能写一篇好散文，题目就叫：坂坡村。

堂弟歪了歪嘴，说："吹的了。"

守望峡谷

这里就是怒江大峡谷。

在峡谷的大拐弯处，怒江水像一大群正在参加世界杯的摩托车选手似的，优美而惊险地作弯道侧压，把箭一般直射的速度拧弯——而且拧得这样漂亮，大概只有怒江。它似乎并不怎么"怒"，却有一种大回环的稳健之美。

金沙江不是这样，金沙江被挤压在两岸陡壁之下，清纯澄碧但并不显得单纯，它有一股寒凉的怨气。

澜沧江呢？澜沧江以两岸浓密的热带雨林，以榕树的苍迈、樟树的灰斑、橡胶林的婷婷和藤缠树、树缠藤的亲密状造成一种傣家少妇的气质。

独龙江——它给我的印象并不像它的名字那么凶，而倒像是怒江的弟弟。

伊洛瓦底江作为瑞丽江的部分是平凡的，但

是流入缅甸之后据说长大了，变得非常迷人。我估计，她在瑞丽时只是个十一岁的小姑娘，到缅甸以后，她丰满漂亮了，像变了一个人。

这么多的江养育着云南，而且是这样一些著名的江，云南怎么能不神秘呢？这些守护神一样的江，各自都有性情独具的美妙的名字，有性格，有历史底蕴，有概括力，有婉转优美的诗意，谁起的呢？真该感谢那个人。在一个只剩下编码的所谓现代社会里，凭着这样几个组合而成的美丽的字音，我们将能感到多少亲近、宽慰，品尝多少遐思和美感！

怒江的水这时变成一股一股的了，每一股都非常清晰，但合在一起又浑然组成一条江。它们从岩石上翻滚过去或盘绕过去，在江中纠缠，然后分开，被流速梳理着，又被山峡规范着，像一根粗大的多股的发辫似的，弯曲盘绕在峡谷的尖底部，并无声息。

车子停下来，谷底有风，然不甚烈。前面横跨江面的是一座桥。

桥墩的水泥柱额上，刻着暗红的四个字：亚碧罗桥。又是一个美名字！在名称问题上，这个多民族聚居的云南，总是以她特殊的选择能力超出诗人们的想象。

怒江军分区司令崔廷相大校此时身着便装，指着桥对岸的半山腰说："看，那就是我们要访的傈僳族村寨！"听他那轻松的口气，仿佛很近似的。

我一看，先在心里叫苦不迭了，望山跑死马呢！而望那山寨，黑乎乎一片眉目不清地嵌在陡峭的山腰上，既没有理想主义的光芒，也没有功利主义的诱惑，何苦要爬得满身大汗然后一无所获地回来呢？

同伴笑问："那还有什么能让你爬上山呢？"

我说："要是有个大美女在山上等着我，也许行。"

"也许……呀！"同伴们大笑起来，说没准儿真有一个呢！

不过我还是爬了，我不愿意让身体力行正在前头带路的崔司令感到遗憾。怒江的云停滞在峡谷间，不动。大片的狭长的云烟氤氲飘浮，既不掉下来，也不升上去，更没有一丝风能移动它。这是那种乖张的风景式的云，仿佛它不是真正的云，而是一种固定的装饰品。它这时像是峡谷的思绪，使山峦具有了思想——起码是情绪。

我胸闷气喘，腿软得不行，不过五十分钟还是爬上去了，最后一个到达，并且拒绝了女士们的搀扶。

可是这里有什么呢？傈僳族山寨所坐落的这段山腰，打个比方吧，就像一个住高楼的人家一打开门，前面就是一个没有栏杆的阳台。不比阳台宽，只需两步就会滚下山腰跌进大峡谷，而怒江，就日夜不停地汹涌地在下面等着。鸡和小孩正在这没栏杆的"阳台"上跑来跑去，狗待在更安全的地方叫着。

黑黝黝的木楼，一楼住着猪和牛以及它们的粪便和臭气，二楼住着傈僳族的人们还有火塘。远处更高的山坡上，就势辟出一块块的种苞谷的地，大的顶半个篮球场，小的也就是个三秒区。你很难相信这些巴掌大的陡坡，就养活着傈僳人的身家性命。

水呢？

仰首在天上，在天空中那些云的脸色里；低头在谷底，在怒江千年万载奔流不息的巨大洪流中。两个都够不着，却都离得仿佛很近，像是上帝在惩罚那位抬头吃不上果子低头喝不上水的神，馋着你。傈僳族人啊，苞谷啊，是什么力量把你们逼到这样尴尬的生存绝境里的呢？又是什么力量使你们在这样比“吃土豆的人”更艰难的环境里顽强生存的呢？

（现在我愿意招认，并在招认中求得宽谅：由于我的浅薄无法洞悉历史的罪过，也由于我找不出答案，更由于我虽然号称诗人而实质上并未摆脱世俗的傲慢与偏见，我的脑子里当时抖落出“落后民族……”这样的词。它一闪，我就感到这样简单的结论是专横的、非人的，但是为这样的东西羞愧却是今天的觉悟。）

居高而临下，傈僳族人世世代代正是这样生活的，生活在数百米的陡坡上，悬在空中，守望着这座巨大的空寂的仅次于科罗拉多的大峡谷。

这就像是一座空剧场，剧中人坐在包厢里，看着本该自己去演出的剧目，没有观众。

演出者观看一出不可能开场的戏，那么他们守望和等待的究竟是什么呢？

一个民族的这种生存态势令人不寒而栗。是谁把这么重大的一个有关人类生存的哲学命题如此强烈地推在了这些茫然无知的人们身上了呢？碗里有煮苞谷粒，墙上有弃置不用的发黑的弩弓，而几百米之下，怒江大峡谷上的亚碧罗桥静静地期待着，在峡风中抖动着铁链……彼岸正是峡谷的另一面。

这时，大美人儿出现了——她的狗正狂吠时，木楼的一角处出现了她。她仅仅用手势便制止了那凶猛的狗，然后对我们歉意地嫣然一笑。她衣衫褴褛，而且还戴了一顶旧式布军帽。她的身上几乎是布满了孩子——手里牵了一个，胸前奶着一个，背后系着一个。但是正是在这样一个被贫困、落后、蒙昧紧紧围困着的女体上，遮掩不住光芒似的闪出了美的力量。

只需一眼，你便可以认定她是美的。

然后当你坐进她一贫如洗的家里，面对唯一的木床和火塘里的灰烬，你望着她和她的孩子，语言不通，眼睛黑亮。她非常自然和安详，仿佛这一切都属于她而其实并不属于她，她似乎属于别的世界，这些都是借来的，暂时的。

她很少说话，只是有时微微一笑。但是你能感到她对一切都是理解的，完全懂的，因为从她美丽的眼睛里，流露出坦然的端庄和自然。她那最大的小女孩只有五岁，躲在她身后，好奇而又害怕。她轻声地对她耳语，鼓励她。

我们既不是出于怜悯也不是降低标准，应该承认，她的确是天生丽质。关于这一点，我们同行的三位分别来自广州、北京、成都的年轻女作家都承认，虽然她们也都各具风采，而且穿戴得光彩照人，但是她们说："思蜜纽才是天生丽质。"

思蜜纽就是她的名字，她二十三岁已经生了三个孩子。

最大的那个女孩叫胡蜜花，五岁，睁着一双新奇略带恐慌的黑亮大眼睛。那眼睛，即使在最昏暗的角落里也能发出光亮！这个小姑娘正是她母亲的翻版，对照着一看，你就明白血统中的美丽是怎样承袭的，美这种价值连城而又无法购买的品质是怎样对一些人高度吝啬却在另一些不太需要它的地方默默浪费着……胡蜜花真是可爱得令人心酸呀。

我想开玩笑，但是我知道我开的玩笑是真的愿望。我说，把这个小姑娘带走吧，你们可以代表命运，给她一个全新的世界！用最好的文化教育她，让她隔两年换一座城市，领略整个中国的风土和文明，像栽培一棵好树苗那样，像科学家进行某种实验那样，胡蜜花将会成长为一个什么样儿的人呢？

让她改变命运，摆脱她母亲留给她的生活轨道，当然仅仅是我们这些外来人的假想，没什么实际意义。但是这种假想刺激了我们的想象力，小姑娘的聪明可爱又为这些想象力提供了无穷的可能性。

无疑，她会长成一个出类拔萃的骄傲美人儿，会使京华子弟为之倾倒。她举止高雅，天分独具，以她的聪明兴许是个美丽的天才也保不定，没准儿正是一个时代的奇葩呢！那时她长大了，她会说："我生在怒江大峡谷，我其实是傈僳族人！"这会使她更神、更有魅力。

我们就这么做着"解救"胡蜜花的白日梦，完全不着边际，一厢情愿，却兴高采烈跟真的一样。胡蜜花呢？睁着一双大眼惊奇地望着我们，有时也跟着笑起来，笑得很好看。她不知道我们在说些什么，但她知道我们说的事跟她似乎有关。她专注地听着，但不明白。

不知谁说了一句"她妈妈才不会让人把她从身边带走呢，别说北京，华盛顿也不行"，这是一句老实话，我们看思蜜纽，思蜜纽浅浅地笑着。她懂，但她乐意让我们高兴一会儿，什么也不说。

但是……我想，这仅仅是一群异想天开的作家们开玩笑吗？

这里面难道没有含着人们对命运如此残酷的

不公所抱的不平和妄图改变这些而激起的幻想么？当肥胖的痴呆儿在北京街上撒娇，聪明可爱的胡蜜花正用她天然纯洁的眼睛——守望峡谷。她注定将守望一生，面对这空茫寂静的一座大屏障。

一切奇迹都不可能发生。

更深刻的疑问恰恰在这里：难道我们的假想一旦可以成立，小姑娘胡蜜花的一生就会是幸福的吗？这一切是我们可以给予和保证的吗？

那么，我们本身是幸福的吗？

我们面面相觑，胆寒彻骨。

一个更为巨大的峡谷突兀地从心里升起来，巨大而且空洞，岁月的流水也正从一座类似亚碧罗桥的铁桥之下穿过，作大回环，也无声息，把此岸与彼岸隔开，望过去很近，但醒着是总也走不到。

我也在守望着，没有奇迹，并且终生也休想像胡蜜花这样被无关的外人如此热心地关心过命运，哪怕只是假想，哪怕只有半天。

后来，我们当然下山了，沿着原路，慢慢下。回头望过去，思蜜纽“披挂”着她的三个孩子，一直站在木楼角上，目送我们。

记住亚碧罗桥。我想，十年以后或者更长的时间，有谁假如恰好乘车沿着怒江行驶，恰好在一座刻着暗红字迹的亚碧罗桥边停车休息，当然，恰好还读过我写的这篇散文，那么请过桥，别嫌麻烦，爬上对面的山腰，到那座傈僳族人的寨子里去，替我们看看一个名叫胡蜜花的女人和她的母亲思蜜纽。

她们非常美丽。

老家在山西

××同志：

您好！感谢家乡的报纸不忘塞外游子，给我这样一个机会，使我能对自己的故乡说几句话。古人说，“富贵不还乡，如锦衣夜行”，足见中国人家乡观念之重。我没有锦衣，只有一身半旧的正一号军服，且不富贵。在我还不大记事的时候，就随父母离开了山西，居京城数载，然后便因父母的工作调动到了新疆，至今已三十年了。

要是按照唐代诗人的观念，我早已算作“塞外胡儿”了，但我毕竟是山西人。世界之大有中国，中国之大有山西，山西有榆社县，榆社有坂坡村，而那里，便是我一脉血缘祖辈生息的地方。

据父亲讲，我回过坂坡村，但我记忆里却是一片模糊。但是在填写任何履历表的时候，籍贯栏里我都会毫不犹豫地写上：山西。就是这样，几十年来，我对山西不甚了解，只回去过一趟，但我的老家还在那里。

外国人把这叫作根，我们叫老家。即使对我这样一个少小离乡的人，家乡的观念也通过各种细微的渠道渗透到我心里，唤醒我血液中积淀了数百年或者上千年的家乡意识，这恐怕一千年也不能改变，爱国主义的精神我想就是这种古老观念的延伸或放大。

有时候，我听着父母亲那几十年在外也改不尽的乡音，吃着家乡亲人寄来的小米熬的粥，特别是从榆社老家来的四姑（父母叫她“咱四及”——咱四姐）天不亮就在手掌上啪啪地拍“煮疙瘩”。当时我对那种玉米饼子非常头疼，却对“古里”很爱吃，我们兄弟几个叫它“葛利高里”。这些家乡味儿很浓的东西，都使我对山西有一点朴素的理解和想象，我无数次想象过坂坡村的样子，有山坡、大槐树、能打狼的牧羊狗……但其实这都算不上是想象，这些大不了是从电影和小说所描绘的山西农村中搬过来的。偶然间我也会突发奇想，假如我父辈上没有离开老家，那么现在的我从里到外，从人生道路到思想感情又该是怎样的呢？

这无异于说，如果我重新活一次该是怎么回

事一样。现实是，我在新疆生活了整整三十年，我爱这地方犹如我爱故土。

说来也巧，一九七二年我在部队农场的大学生连里试着写了一点东西的时候，被另外一个和我情况差不多的山西人知道，他自告奋勇要帮我推荐介绍出去，结果他寄给了山西的著名画家力群，力群又交给了作家胡正。而后两位前辈还都给我来了信，给予了鼓励、指导，原打算用一用，后来因为什么原因刊物没弄成，稿子又还我了。但是这也给我不少鼓励，就此之后，我就写下来了。说来，搞写作，还是山西老家帮我开的头。至于今，学着写了十几年，长进有一些，但成绩不大，更算不上名人。写一些小诗，完全是少年时期沾染的兴趣，未曾想到以此为职业，真正专业搞起来，才感到沉重，才知道这笔墨纸张之间的事，要真正弄好，谈何容易哟！当然不仅是文学，天下各种行业，要真弄好，都不易。

谈到诗，古人留下那样多灿烂的精品，轮到我们这一代人，想真正做个受到人民承认的诗人，就显得比登天还难。“前不见古人”，却能听见他们跨越时间的界限而传来的苍凉悲壮的歌吟。尤其在新疆，古代边塞诗的氛围犹在，在荒凉古战场，在颓倾烽火台，那些描写远古征战的诗句就一连串地跳上心头，有时候跨马行于茫茫戈壁，漫天飞雪压边陲，只要想起一句“但使龙城飞将在……”，就仿佛听见了祖先魂魄的叮嘱，能使人热泪盈眶！

至于克拉玛依戈壁油田孤烟直，巩乃斯草原陡峭河岸上浑圆迷蒙的落日，冬窝子雪地上跑沙跑雪长嘶、东张西望迷路的马群，就尽是古人诗中的遗笔不灭，只是那些苍凉的声音里添了一种豪迈的现代巨幅油画的色彩，因而当我们新疆的几位写诗的人，杨牧、章德益和我开始无意识、而后有意识地朝古代边塞诗人启示给我们的方向走去的时候，人们开始称我们为“新边塞诗派”。其实，杨牧是四川人，章德益是上海人，而我——老家在山西。这也是新疆的特点，是个民族众多、人群错落的地方。这种地方，没有十分顽固、深厚的传统可承袭，互相影响学习，渐渐形成自己的一种独特风味。当然，新疆写诗的人还有很多，是否能称得上是一个流派？不清楚。不过这也仅仅是开始，能不能称得上是一个流派并不重要，重要的是，随着大西北的开发，新疆发出了它的声音，召唤更多的有志者开发它、建设它，这就够了。

作为一个长期在外的山西人，我永远热爱怀

念和关心自己的故乡,不管我们在哪里生活、工作,都力图用自己的一份力量证实,我没有辱没这块故土!最后,请允许我寄上自己三十年来积压于心的祝愿——对山西、对故乡的亲人们和朋友们!

不　去

因为是五月一日吧，索溪峪通往西海的山道上，人可真够多。无论如何你得佩服、你得惊讶于人对名山胜水的这种热情！归根结底不是人们对自然山水的向往，而是对爆发性著名事物的好奇心。接近欲驱使着人们不辞辛苦远道而来。

情侣们，夫妻们，同伙们，母子们，络绎不绝地挤在山道石阶上，很像是赶庙会。沿途景致倒是青翠而突兀，青翠的是高树丛竹，突兀的是一柱又一柱的石峰。不过说到底，也只是山和植物和涧水的组合而已。

你不能不感到有点奇怪：索溪峪存在了当然不止一日，而且它也不会女大十八变似的突然间长漂亮了，何以几年前还是清冷无人之地，如今就爆满成这样了呢？

清晨出发，十数人。老者有主编陈、作家叶、社长韩，小的当数《青年报》女记者玲。彪壮者有军报大黄、二炮小尹，均出身体育界，人高马大，体重不让一只成年大熊。余者虽非异物，也均各具特色，不赘述。

虽然都是长年伏案之人，行不足二里地，已经显出同类人中隐含着的巨大差距。大黄与玲等七八人进山如饥羊见草情致大发，高唱《红高粱》之野蛮插曲熊爬羚跃而去，遥闻半山，蛮歌回荡。几位老者拄杖缓行，正精于计算着双腿逐渐增长的酸度和需待踏上的石阶数之间的比价。唯有小尹与鄙人，坐在石阶上犹疑了。

一切动摇分子都具有共同的眼神。彼此一望，便可会意。许多逃兵和叛徒大约都是凭着这一点串通结伴的。惭愧，我们俩也正是这么回事儿。我们先像两个接头的特务那样接火点着了香烟，就从实质问题的外围——天空的闷热、山里人对山道长度估计的可疑性、人们凑热闹般的这种爬山的盲目性等方面试探、求同，然后两个人的只有一半的犹疑之心合二为一，变成了一个完全坚定的决心——不去。

是嘛，我们为什么就不可以不去呢？谁又下了命令说过不准我们不去呢？有一种力量在无形地带动我们，那就是“大家都去”。我们若是不去，就有点扫大伙儿的兴；若是勉强去了，就要扫自己内心深处的兴。我们两个毅然决然地选择了当逃兵，这是因为我们两个同样都具备这几种素质：明澈的自我爱护精神（俗称自私），日渐增长的某种厌世态度（也可以叫作懒），整体的悲观主义情绪和心态的失落感。当我们从不足二里地的地点开始往回退却的时候，听到从树木遮掩的半山崖壁上传来了集体呼唤我们名字的悲壮声音。那声音使树叶飒飒，空谷有回声。这是一种渗透着强烈的阶级友爱和集体荣誉感的呼声，也是很容易给落伍者以力量、给叛逃者以良知的声音，它很能让人幡然悔悟，奋然前行。

但是我们俩却是不可救药的逃兵、铁了心的叛徒。我们叼着烟卷、甩着外衣，以幸灾乐祸的心情听他们在山腰呼喊，一步比一步懒洋洋地下着石阶，朝那幽静荫凉有红漆地板的美丽住所走去。

不去，说明我们抵住了西海风光的诱惑和同伴们的呼喊。我们千里迢迢来到索溪峪而未登西海，行百里而废九十，不遗憾么？他们登山归来必会加倍鼓吹风光如何奇绝，我们呢，只需到傍晚时分门外迎候，一杯酽酽的凉茶在手，足够。

他们是我们的悬念，同样，我们也是他们的悬念。他们越累越使我们品味安逸，他们越渴越使我们感触荫凉。好吧，懒惰和勤奋较量。人世与超脱、奋争与放弃、“巡天遥看一千河”和“坐地日行八万里”两种态度各有滋味。

归途行未及半，迎面遇数批登山者，皆爱问：“山上究竟如何？”答曰：“极美，值得一去。”又问：“怎么这么快就下得来了？”笑而答：“夜半便去，故晨归。”众皆惊叹：“不简单！”

俩“逃兵”哈哈大笑，得意而前仰后合，相互重新打量，深感彼此都像登山英雄了。为此弄假成真，两人竟口占一绝，临时凑成打油诗一首，以描绘这段骗子行径。诗云：

昨夜两点半，
奋力爬高山；
英雄凯旋归，
路人皆惊羡。

诗成，两人愈加得意，愈发笑得诡秘如逃兵。至住所，乌龙茶泡之，“红塔山”吸之，跌跌撞撞、懒懒散散沙发床仰之，足尖犹挂一拖鞋。真他妈美死了！遥想诸位同伙老兄正大汗淋漓于骄阳之下，刻苦登攀于累石之中，不胜同情。至午，饱餐一顿蛋饼，洗得一番温水澡，便以逸待劳痛睡起来。

两小时之后，不唤自醒。

各端酽酽的浓茶一杯，相互登门探望。两人一见，难免掩口而笑。

夕阳在山而余热散，秧鸡在田而鸣声起。树林已成乌翠色，山径犹不见归人。遮眉而望，暝色茫茫。久候不归，只好先去吃晚餐。餐毕出来散步，见几位狼狈者蹒跚走来，及近，竟是同伙中之一部分。一个个饥渴不堪，面呈酱红色，衣冠十分凌乱。上前慰问了，均已无答话之力，只说是“多走了三十余里山路”。

其余诸位呢？

摆摆头答道：“躺到床上了。”

后来才知道，大黄和玲等七八条男女好汉早在半山呼喊时就对我们两位“逃兵”义愤填膺。为了证明他们这一天累得不冤枉，也为了气气我们和显示一下他们的精神力量，曾商量好了，在归至住所时齐声大唱“打靶归来红霞飞”。因为他们料定我俩必在门前以幸灾乐祸的态度等候，那样，势必使我俩在雄壮的歌声中难堪。

结果，唱是唱了，而我俩却恰好在那时去了餐厅，没听见。

最后鼓起来的气一泄，是很让人颓丧的。

1988年6月6日

领略巫山

夜四点，船至巫山县，泊住让我们下。

巫山县幽暗地踞于伸向码头的近百级石阶上，它正湿淋淋地等着我们。它唯一用以迎接我们的是，这场堪称豪华的滂沱大雨。

这才不愧是云的窠穴、雨的卧室。否则哪里能下得这样豪华，这样浪费，这样不懂得节约和心疼？在深夜的淡黄光影里，无数的雨点直射江面，你眼见得那江面就一耸一涌地升高了，增厚了；而高高的石阶就成了妇人的洗衣板，一层层的水在上面摔打、撞碎，然后聚合成溪，从高阶上一阶一阶收不住脚地往下跌滚；山，黝黝地古怪，湿淋淋的，仿佛快被泡塌了。

伞少人多。与叶公共一伞，瞬时已成半干半湿之人。石阶甚陡，急雨之下携叶公狂窜，一口气连跃数十阶，仓皇进车，方见叶公面色煞白叫苦不迭:“这小子想把我累死!想停也停不住。”这才想到叶公年近六十满头华发,虽筋骨强健异常,毕竟经不住这样拖泥带水没命似的逃窜,只好暗自惭愧了一分多钟。

是夜宿于巫山县人民武装部,雨仍下得时缓时急。仰卧于木板床上,望着墙边棚顶的洇痕水迹,听夜雨低诉,闻隔壁鼾声,实在觉得出一股潮湿凄美异地为客的滋味,而这滋味,全因这些雨声勾扯出来。

你就很容易地理解了一千多年前赶考的秀才或赴任的官吏,因豪雨受阻,歇在这样一座长江边上的小小山城,夜半秉烛,孤馆吟诗,便不料竟得了独具神韵的名句。大约是“君问归期未有期,巴山夜雨涨秋池”吧,那秋池,你可以想象为院中的一个小池,也可以恍然意会为整个长江或东海……致使数百年后你又偶然遭遇这样的意境,馆驿大异,人事全非,雨却是同样的,豪华而著名的巫山云雨。于是那秀才品味出的两句滋味便自己走出你的唇舌之间,如亡魂之入新体,使你茫然不知此身与一千多年前赶考的秀才相距究竟有几尺之遥。

你几乎觉得一伸手,就能拽住那人的袍子问:

“君即李商隐乎?”只是不去拽,听任那秀才的足声渐隐于雨声,大珠小珠淅淅沥沥嘀里嗒啦的声响,就走了一夜。

醒来,天是空旷清凉了,而残雨还在檐前、瓦上、阶畔发出一些闲响,格外有乐感。人武部的院子,门面不大,像一个旧时商贾的小私宅,内庭却深长。晨起立于楼上阳台,四顾皆山,山色青蒙,仿佛离得很近。正面那座山昨夜横卧雨中的沉沉黑影,现在露出真相,一条大鱼脊背似的横拱在那里,晴空之下,正有一大群含着阴影的大朵白云贴着山脊结伴飞渡。这就是巫山的云,难怪名闻天下了。它有一种超然世外而又贴近生活的气度,有一种笼盖着你而又关切着你的意味,还有一种主人翁的劲头和是风景又不像风景的自然态度。

而巫山县城的早晨,充满了此起彼伏的鸡鸣犬吠之声,不知那些鸡犬躲在哪里,却听得那鸡鸣之嘹亮、犬吠之慷慨就近在咫尺。山城小小,本来就生得如蜀人之紧凑,加上四面环抱着山,回声就格外大,和声的效果就特别好。这些朴素且充溢生命活力的喊声,有一种气息和魅力,能唤醒隐藏在人体深处的精力和生活欲望。它一点儿也不噪人,相反却能造成寂静和空旷的气氛,比大都市里高音喇叭播放的那些破烂迪斯科优美多了，对人身心的健康也有益得多。就这个意义上说，一切自然的声音均不能随意被人造的声音所替代。

这一天的计划原是游小三峡，因暴雨而山洪猛涨，船不能行，故放弃。巫山县的同志们便安排我们去看进小三峡的峡口，叫龙门口，离城不远。

绝没有想到这峡口竟是如此气势夺人。

两岸陡壁之下紧紧夹着一条暴怒了的江，凌空一桥极高迈，衔通两峰。

先上桥，凌空俯瞰桥下，略目眩。江水从峡壁中挤出来，有夺路而去的勇猛，劈山救母的气概。两岸危崖隔江怒视，像两个守关的大将互相埋怨对方放走了江流，却谁也不肯靠前一步。

桥高十余丈，如一扁担搭在两山肩上。峡口风动，桥似乎一颤一颤的。桥栏及人腰腹，扶之下望，犹觉胆寒。若坠下去，无可幸免者。有鹰盘旋在桥下，顺逆于劲风，遨游于峡壁间巡视江面，似无所事事。峡壁高而苍鹰小，江水怒而苍鹰满不在乎，令人神往。

然后下桥，立于江岸边，桥已高不可及，江却骤然在眼前了。三两只游船，用铁链系于码头，随波涛颠荡起伏，如树不胜风力，顷刻即拔之而去。

江中怒浪奔腾,目不可追,时有浪峰轰然立起,若江中有一怪物拱出,凸起如一屋。然后坍塌深陷,又耸起。真奇景,大家无不喝彩!

立江边,水因暴涨而溢于脚下,随浪涛涌动而伸缩。时有不及防者被水捉湿脚面,于是年轻些的女子便与此巨兽做顽童嬉,逗着逗着就被迅速移动的漫水捉住脚,一声尖叫。那江水也不笑,退回去,唰,就被一往直前的主流拽回去,一眨眼不见踪影。水和水面目难分,谁知此水非彼水耶?

大家情绪甚高,或拍摄,或投掷石子,或静观怒浪一泻千里。有人望见隔岸累石间有一小狗初试犬威,赶得几只老山羊四下逃窜,跳跃于乱石间,终使那小狗凯旋得意扬扬,有如占了便宜的一年级小学生。

那人就独自莫名其妙地笑起来。

人问:“你笑什么?”

他无法说明,因为那一幕好笑的情景已经过去了,诚如此浪一去不复返,谁也没法让它再退回去从眼前重流一次。

第二天,我们乘船离开了巫山,沿长江而去。

1988年6月23日

第二辑

边陲（散文）

预言塔克拉玛干

二十几年前，当我翻越卧虎不拉沟，渐渐靠近塔克拉玛干沙漠边缘的时候，和我当时的心情一样——这一带的那份荒凉，那份被人类社会遗弃的一无所有的样子，令人无比痛心并且难以理解。

一块如此广阔的地域怎么可能是这样的呢？沙丘像无尽的恐怖到天边的坟堆，流沙像一些盘踞在那里等待风暴的蛇，烈日之下，沙海死寂，只有一些枯黄的刺丛和发烫的卵石在隐隐蒸腾起蓝烟，一切都绝望透了。世界的末日是什么样子这里就是什么样子，地狱的边缘是什么景况这里就是什么景况。没到过塔克拉玛干的人，是没有资格谈论绝望心理的。它以造物主嘴角恶意的嘲弄裸陈在这里，逼你对许许多多的信条产生怀疑。

准是有什么地方弄错了，不是造物者弄错了，就是我们人类弄错了。一个被遗弃的地域比一个被遗弃的人显得更加不可思议，更触目惊心，更绝望。

当时我正是一个被遗弃者。

我被社会组织制定的一些条款所遗弃，它遗弃我的方式是突然间使我丧失任何选择的可能。我独行南疆，从塔克拉玛干的这个边缘奔向它的另一个更为遥远的边缘，我被抛向那里，没有任何力量帮我改变它。

沿途颠簸的六天里，我时刻都在注视着它，凝望着它，仿佛在审视着另一个更为真实的自己。我在酷热难挨的长途客车上看着塔克拉玛干，渐渐产生了一种认同、一种怜悯、一种归属和不服气。我承认它和我一样，眼下是太悲惨了。它的毫无希望，它的自大而无用，它的永无翻身之日的死寂，它的被某一位外国探险家称为“死亡之海”的定性，使我不能心甘情愿地接受。我觉得它就是我，我不能接受一个无牵无挂的外国人所做的这种判决。

他的判决对他毫无关系，但是对我就关系重大。我将托命在这个世界第二大流动沙漠的边缘，也许终生都不能离开。我还年轻，我那时才二十六岁，我必须生活在一个有希望的地方。

所以我当时就预言了,我说:“塔克拉玛干既然上面一无所有,那么它的地下一定有大量的石油!上天不会专门留下这么一大块毫无用处的地域,否则不符合辩证法。”

我这么说的时候不只是在说塔克拉玛干,其中也暗含了对自己的肯定。我不相信人类和人类社会组织对任何事物、任何生命的遗弃;我只相信不被认识的事物和不被理解的生命,它们以屈辱和宽容的态度等待着人的觉醒。

我的预言不具备什么科学性,而且我的地质学知识是那样可怜,不及那位外国探险家的十分之一,我的预言未曾发表,并且永难证实。但是在二十三年前,在那辆破旧的长途客车上,我确曾充满信心地宣告过,塔克拉玛干是石油之海,因而也必将是生命之海!我所依恃的理论就是一点,决不相信任何僵死的、一成不变的世界观!

结果怎样呢?

我说对了。

去年我又走了一趟翻越卧虎不拉沟的老路,一切都在变,石油的开发者们已经使南疆的这座城市变得极其美丽,她的许多现代化的建筑令人惊叹,令人大开眼界,新疆的第二大城市已经在塔克拉玛干边缘耸然矗立起来,远远望去,就已经闪耀着一派城市之光!

塔克拉玛干成了生命之海。

全中国约四分之一的石油储量就在这里,一个不可思议的巨大的地下水资源也在这里。有石油,有水,有相当于一个德国的面积,可以想象一下,在即将来临的下一世纪,塔克拉玛干将会呈现出怎样的繁荣景象呢?

随之而来的是更大规模的开发,是国际性的贸易、旅游、探险和体育活动。最近我的一个朋友正在筹办横穿塔克拉玛干的国际汽车拉力赛……瞧瞧,昨天的"死亡之海"现在成了一块具有极大吸引力的磁场,它正调动着更大范围的、更多的人们一试身手,发挥人类的创造力!如果再允许我大胆放言一下的话,我敢说,今天的一切探险活动都和明天的一个奇丽的远景联系着,那就是拓展人类的生存空间,把地球上的每一块土地都变成人类的生存基地!

二十一世纪的塔克拉玛干将不可估量。

我在二十多年前的预言说对了,虽属无知妄断,结果却一点儿不错。为塔克拉玛干高兴。实际上,在今天的这一切事物发生以前,那个朴素的、辩证的道理早已经存在了，无非是人们还没有认识到它罢了。那位探险家的结论下得有些武断了。它不是什么“死亡之海”，因为“死亡之海”只是它的表貌，在它的内心深处，正涌动着对生命活力的召唤。

塔克拉玛干是一个值得预言的地方，它是这么大的一张白纸啊，好画最新最美的图画。

每一次预言的实现都是一个了不起的胜利，都是一次飞跃，当然，也都需要付出大量的汗水和心血。

我们活着，世界变着。

1995年7月4日

边 陲

一

边陲是一个在相当一部分人内心里被藐视或怜悯的概念，这我知道。在一个有着漫长君主专制中央集权传统的社会群体心目中，它意味着远离权力中心；在花柳繁华、六朝粉黛的江南名士传统的眼角外，它代表了荒寒粗粝的非人的生存状态；在沿海商品大潮的反差对比下，它更是一种被遗忘的、似乎可有可无的存在。中心的权威，腹地的文化厚壤，沿海的商帆乘风，南国的润雨如酥，都是对边陲存在的嘲弄和否定。

地域，你不能不承认，它本身就是一种力量。这种力量对于许多人生存的支撑作用，早已远远超过他们自身的分量。地域作为世俗力量的一部分，是政治、经济、文化、历史、地理等诸多因素的综合显示,因而它是强大的,既具有诱惑力也具有制约力。

往往是居住在都市的作家才有资格抒写厌倦繁华、躲避喧嚣的情绪,这是一种老资格的优越感的逆反,也是一种对优越的品尝方式。他只是那么写写罢了,从来没有一个人把他的户口迁出去过。

地域的力量无可置疑。任何一个美国公民都可以在世界各地毫无心理负担地来去从容,他们在陌生的地方如同在自己家里一样,那是因为他们的家——美国比世界上任何地方都发达、复杂。

同理,一些香港的或台湾的二流作家在内地(大陆)风靡一时、畅行无阻,除了他们的浮浅迎合世俗心理之外,还有一个重要的地理文明因素——人们对比自己经济发达的地区的文化总是仰慕并且率先准备模仿。

至于城市语音的流行,更是大众的集体无意识心理反映。北京话,上海话,现今流行广东话,这都是地域的力量造成的现象。不管多么固执的人,在综合的文明力量面前,大都是自卑的、顺从的,大多数是无条件投降的。

时髦就是这种力量的浪峰,时髦往往和地域

有关。在这方面，女人——尤其是一些年轻漂亮的女人，起了不可忽视的推动作用，原因在于她们天性当中的虚荣性、易变性、依赖性。女人是毫不犹疑地把青春投入时髦浪潮的，她们装饰并强化了时髦。一切时髦的艺术，它们的方式和途径，无不带有这类时髦女郎的特征。

二

既然这个大前提已经是再清楚不过的了，那么边陲，还有什么可说的呢？

按照我们一般习惯性的理解，所谓"边陲"，就是一个国家靠近边界的地方。还因为它总是与边防驻军联系在一起，所以它给人的印象仿佛是专门留下的一大块缓冲地带。难免有时候会有这种情况，边陲会比那些发达的都市落后。

在版图上，边陲像是一大块被人忘记钉上城市的铆钉的木板那样，呈现出大面积的空白区，这种空旷使它显得异常凄凉。

在政治、经济、文化这三种最有代表性的力量之外，人们还能剩下或拥有些什么呢？还能不能剩下或拥有点什么呢？由于不了解而新奇——边陲的神秘感和魅力，大概就在这里。

三

五千七百多公里的漫长边境线，就这样地在六分之一国土的边沿部展开。西部像一把巨大的弯弓那样向外挺出一个不规则的弧。

这是一个在地图上极其雄壮而在现实中极其沉寂的地域。国家意义上的重要性和日常生活中的落寞感也使职责和现状甚不和谐。

有限期地生存在这里的人就是军人，无限期生活在这里的人就是牧人。一般说来只有这样两种人，他们之间的相同点和不同点是这样的——都骑在马上，都在马背上不自觉地重现着古时遗风，只不过前者“游牧”在值勤巡逻点之间，后者“巡逻”在冬夏季牧场之间；都有一种“家”的不固定性，前者是边防站常在而住在里面的人逐年更换，后者则相反，毡房的位置经常变迁而里面的人大致不变；都有一点对对方的羡慕心，也都有一种对自己的自豪感，前者羡慕后者的自由、家庭生活和种种生趣，后者则眼热着前者的装备、供应、整齐年轻的集体力量……面对着寂静峡谷、永恒冰峦、一湾河岸的秋风芦苇、满目冰霜的严冬明月，都有怅然的情怀，只是前者往往是怅然的无奈，后者却是怅然的安详。

最有趣的悖理之处恰恰在于：越是条件艰苦、交通不便的地方，越是有可能成为旅游风景区。大自然在一年当中为期短暂的时光里所绽放的美丽辉煌，足以使最都市、最有文化教养的女郎“呀，呀”惊叹，恨不能永生投入其怀抱；却只能诱发边防战士的怀乡愁绪，边陲之美对他们产生的是相反的作用力，美反而使之产生怀乡病，仿佛是女神推来的一掌！

正是这样，新奇是美的特征，因而注定了美是短暂的，不能长期享用的，对美的适应足以消灭美感。

同时，美往往还是孤傲的。越是真纯的美，越是无声地躲避开尘世；越是奇绝的美，越是令人难以接近和占有。

另外，美还一定会滋生一些相反的、有害的东西，以便阻止、防御外界的侵入，从而保证自己的净境。

是真森林必有熊虎，是真草原必有狼蛇，是真雪山必有猞猁，是真河流必有虫蚋。如此如此，岂为不美?

一位女诗人在驶向天池的北京牌汽车上第一眼望见天山雪水时,就尖叫起来:“呀! 这是我平生见到的最清澈的水!”

“不必大惊小怪。”

“为什么?”

“因为——”我说,“你这不过是都市女郎的片刻激动。真正的美,还离得很远。”

难道不是这样吗?

四

海拔最高的边防站在哪里?

在喀喇昆仑海拔五千多米的神仙湾。海拔五千多米是个什么滋味呢? 是氧气的定量被海拔高度减去了一半,是一年的四季被雪峰挡住了三季,是放逐了树的王国,是压缩了花的领地。据说,一位健壮的机关干部上神仙湾,头一天就抱着脑袋在帐篷外抽泣了一夜。常年驻守在那地方的人是怎么过的啊,边陲。

蚊虫最大的边防站在哪里?

在阿尔泰山有着著名风景区喀纳斯湖附近的

地方。额尔齐斯河盛产味美之鱼，喀纳斯湖秋景艳丽绝伦，水草丰盛，蚊虫强健，素有“三个蚊子一盘菜”之称。战士屙屎需点艾草，并且反穿雨衣头戴钢盔，烟熏火燎速战速决。不然，难免两瓣儿屁股“合拢”，肿成一片。据传，有一个班长解完手回来，正吹嘘一个包没叮，摘下钢盔一看傻了——上面已经被叮穿了几个洞。

阿拉山口边防站以风大著名，风有多大？远远超过了十二级，测不出级别了。这里的风号称“一年一场风，从春刮到冬”，全年风日可达两百多天。

离边境最近的边防站近到什么程度呢？近到一个吃完罐头的兵，随手把罐头盒从窗口扔出去，他连头也没转，罐头盒越过他的肩部上空划出一个抛物线，准确地穿过了窗口，咣当一声落地——越境了。

还有最孤独的兵，一个查线兵。他单独住在一座废弃的旧营房里，离他最近的连队在四十公里之外。他常年一个人，默默地工作、生活，没人说话，自己操持一切，还养了一只狗做伴。他住的那片荒野上的废营房，风吹四处乱响，夜静怪声起伏，比所有的恐怖片更令人不寒而栗。他才十九岁，像童话中的小勇士一样走进了魔鬼森林。如果你要问他“在生活中什么是幸福”这样的问题，他会告诉你，“回到连队能和大家说笑的时候，最幸福”。

还有多少“最”呢？

最雄伟的山峰，最妩媚的草原，最纯净的河流，最晶莹的湖泊；最蓝、最明丽的天空，最黄、最辽阔的沙浪；最陡峭的也是最迷人的巡逻景观，最自然也是最亲近的长河落日……啊，边陲！

五

他是一个农民的儿子，入伍三十多年没挪过窝，一直在这个边防团，现在是一个老团长了。在这个夕照格外辉煌的波马，森林绿野，茅草城垣，营盘铁打，兵如流水。一茬又一茬，三十余年，阅历多矣。他觉得他仍然是一个老农而不是一位上校，一茬一茬的兵像麦子，青嫩地来，黄熟地去，他是个种地的。

有一天我俩对坐吸烟，阳光透过斑驳摇动的树影，洒在我们的身上。我说：“老团长，我拿你好有一比啊，想不想听？”

“你说。”他直瞪着眼睛望着我。

我说:“你看见远处的边界铁丝网了吗?你就是那个木桩子。铁丝网一茬一茬地换,木桩子还是戳在老地方。”

他一听,高兴地一拍大腿笑起来:“哈哈,没错儿!我就是那个木桩子!”

还有一个人,是将军的儿子,在另外一个边防团当政委。他童年时曾经在我率领的顽童部队担任过短期通信兵,现在他长大了,不归我指挥了,但他依然像对兄长一样敬重我。他五岁时到我家做客还不会自己吃饭,还要大人喂,现在当了二十多年的兵使他成为一个坚强的、考虑问题细致的团队主官。他生气勃勃、精神抖擞,把全家都搬到了边防。看得出,他热爱着这支部队。

现在轮到我到他家做客啦,穿过结满像棒球棍那样大的绿丝瓜的藤架,我进入他的平房里。房间里整整一面墙都是书,军事、政治、文学和历史都来到了边防,当然还有我的书。我翻开我的书,上面题着摘抄的聂绀弩遗句:“男儿脸刻黄金印,一笑心轻白虎堂。”我笑了,我喜欢有书的环境,也喜欢读书的政委。

他看出了我笑里的意思,朝书架扫了一眼,

说:“别以为边防上都是思想呆滞的傻瓜,我们照样也是‘精神贵族’!”

还有一个蒙古族的分区副司令员,整个儿是一个奇人,身高足有一米九,体格劲健,头大如斗,看起来像一个彪彪武士,其实却聪明过人、记忆力极好。他几乎每说三句话必引出一段唐诗宋词,有时兴起,可以背诵长段,准确无误。他要是说起他当战士时遇到的一次枪战险境,更是跌宕起伏,情节惊险。一梭子冲锋枪的子弹追着打他,脚边火光四溅,竟没打上,让他跑了。

奇人奇迹,令人听后唏嘘良久。

边陲的人有哪一点比其他人差的地方呢?边关男儿,昆仑列队;射雕英雄,雪原骋马;白日做梦,雨夜读书;远离尘嚣,独享宇宙;饮大碗酒,抓大块肉;植大林带,抱大沙漠……噫嘻呜呼!边陲的生活有哪一点能让人生遗憾呢?正是:葡萄美酒夜光杯,欲饮琵琶马上催。醉卧沙场君莫笑,古来征战几人回?

六

当今西陲无战争,有的尽是些让人难忘的镜

头。一些素昧平生的人事物景,偶然一现,竟难忘记,放下拾起,长久萦怀。

一次车行山间峡谷,道窄,仅容一车。迎面恰有一骑缓缓行来,是个骑黑马的柯尔克孜族牧人。车一鸣,峡谷回应,声威数倍,牧人甚骇。单骑无处闪避,牧人情急之下竟扭转马头,顺原路纵马狂奔起来。一时山间道上,一骑在前狂奔如逃,一车在后紧追长驱,仿佛无意间拍演着一部警匪片的外景镜头。那黑马跑得着实漂亮,比国产电影里的此类镜头强无数倍。一直跑完了这道峡谷,牧人纵马驰上一侧小山包,勒马迎立,等待汽车开过去。那黑袍白帽,一派英气,让人心里顿时喊出"布琼尼"!

还有一次到某边防站,事先在分区就听说有条名唤"老黄"的狗,资格比全站的所有干部战士都老,算得上功臣元老,事迹甚丰。到边防站,我就打听起这条犬,我问还在吗,人们都说还在,就是老了,不常露面,院子里几条犬都是它的娃娃。我又问指导员:"老黄资历比你还老吗?"指导员笑道:"比我老,我哪能跟它比。"

后来参观了温室出来,向阳的土坡上,指导员指着说:"老黄在那个土洞里。"我们去看,果然有一深洞，像是旱獭洞一般。问："在洞里吗？"指导员说肯定在，唤了半天，就是不出来。指导员说，它老了，老得不好意思见人啦，就在近处山坡上刨了个洞，整天躲在里面。上次军区机关的领导来，也唤不出。

这哪里是一条狗呢？知情达理，大德乎知耻也。比起现今那些寡廉鲜耻制造伪劣假冒货色的所谓"人等"，老黄更像人。

边陲就是这样，于寂静中产生无数奇人奇事，在边远处孕育无穷大德大能。尽善来自朴素，尽美来自自然，尽善尽美，当之无愧。

当北京景山的一棵相传是崇祯自挂的歪脖子小树前游人如织时，和田硕大无朋的核桃树王正帝王般张开它苍迈郁绿的伞盖；当病入膏肓的一群招摇扭摆的所谓歌星在屏幕上展览丑态与病状时，喀什的泥墙瓦舍之间、月夜清白之地却飘荡着河流一样浑厚、柔和的真正歌声；当欺骗成为常识、敲诈成为公理、金钱成为准则、叛卖成为创造，一切价值沉沦在汹涌的潮流之中时，真诚、朴素、人性这类事物的最后栖息地也只能在边陲的某些角落了。人性的理解和笑容，真诚朴素的礼貌和友谊，稀有金属一般在绿洲的田园里闪闪发光、震撼心灵。

七

许多对时代感应灵敏的人都离开了你，他们将在一个与你完全不同的地域开始自己新的生活，他们将开始一种由于自己的选择而不得不强装幸福、把痛苦咽进深处的生存方式。

离弃土地的人，心里的撕裂一定是血淋淋的。

土地比人要强大得多，它像血缘和宿命一样，驻扎在你记忆的源头、灵魂的深处。它静静地守望着你，看你在新的命运中颠簸起伏，直至失败和沉没。追逐幸福的人是看不见幸福的。

八

而边陲是永恒的。

它的土地，它的人，总是在时髦的旋涡之外提供某种不同的存在。

那就是美。

1993年10月12日写于新疆

沙场秋点兵

一些重要的、有影响的事物，当其尚未完全呈现时，它给人们的是一种憧憬，一种急于揭晓的热望；当其席卷而过之后，给人们内心留下的却常常是一些残屑碎片，一种难于把握、无法透识的空荡与失落。盛况，狂欢，大规模的群体行动，难忘的聚会、节日以及类似的重要场面，都像生活中的风暴和雷雨那样毫无顾忌地从人的心灵上轰隆隆地开过去，然后消失在天边。直到很久以后，许多人仍不能完全认识它，他们所津津乐道的那些逸事，只是一些非常细小的碎片。

但是，如若没有这样一些事物，生活将会显得多么暗淡、寂寞啊！

在人平常生活的海洋里，大一点的浪头总会有的，目睹了它的轰响和力量，人就会变得更丰富，更成熟。正是这样，我不反对成熟，因为成熟相对于幼稚而言，是把自己置于更阔大、更有力的挑战背景之下的确立，成熟就是理解更大的客观世界，同时更理解自己。

对于我漫长的书斋生涯，“西部-94”战役演习——当然是庞大的、令人振奋的。我喜欢这种不流血的战争，这种模拟性的成人大游戏，这种在天空和戈壁之间谱写出来的大块文章。真正的战争是无法观赏的，电影电视里的战争又实在太缺乏现场感。我不喜欢战争的残酷，但我内心仍然有一股对雄伟力量的崇拜，而且还有一种对于摧毁某种东西的快感和欲望。怎么说呢？真正能够对我产生强烈影响的——除了那些杰出的文化巨匠，就是闻名中外的天才军事将领，一类代表着创造，一类代表着摧毁。我格外神往于人类这两种力量，这是男人的力量，也是男人为这个世界做出的伟大贡献。

在演习中，尽管只有极为零星的女性参与者，却已明显地透出了与整体环境的不甚和谐。她们像一只只洁白可爱的兔子似的，出现在狼群里，看着那些生机勃勃的家伙们往来奔忙，警戒或围猎。女人就是女人，她们的家园是都市，以及都市中的商店、花园和沙龙，而永远不是战云密布、杀机四伏的野战大戈壁。只有这时候，一个男人才能充分体会到“男人”是多么有分量、多么优秀！

“西部-94”战役演习。

沙场秋点兵。时值秋凉，地在戈壁，数万部队云集；战车千乘，战将百员，上将军亲临运筹。怎么不是“沙场秋点兵”呢？过去我一直在宋词里用想象领略稼轩名句，我喜爱“金戈铁马，气吞万里如虎”“检校长身十万松”和“壮岁旌旗拥万夫”的将军野战生涯。现在，终于有机会亲眼看一看这种场面了。

云飞扬

一辆大轿车，又一辆大轿车……一共八辆，接连成队，鱼贯而行。前有警车开道，后有越野三菱保障，载着观摩战役演习的军人，从卧虎不拉沟荒凉的山口中驶出来。

山口外，倾斜的地势滑向一望无垠的大野戈壁，车队长驱直下，仿佛投入一片空荡的怀抱。一个过于平坦和粗粝的世界就等在这里，像是一副糙裂的边地人的手掌，等着一列绿颜色的昆虫爬过去。十二个小时的行程，这时只走了不及一半，在一块空旷处，车队停下来，让人们松动一下筋骨。

满车校尉，肩章一片金黄，几百人撒在这空旷戈壁上的时候，便显出一派特殊的韵味。那是军人与山野特有的和谐，也是军人与旷野特殊的血缘联系。大批的军官出现在野外，立马就使这个地区产生出一种“大战在即”的气氛。“战争”（指演习）的气氛使人兴奋，然而真的战争却让人恐慌，这真是人类普遍存在的一种叶公好龙的本性。

我下了车，环顾周围一片阔大的天地。田野无垠，向各个方向望过去都看不到尽头。一些低矮坚硬的山峦余脉，正坐落在视力可及的位置，像是一些被大的山脉遗弃的伤兵。大的山脉已昂首凌空逶迤而去，小的山峦却遗落在这里，空守戈壁。

阳光很温热，但是戈壁上的风却挟带着些许寒意，这气候，多么提神！温暖和寒凉掺杂在一起，就如同两种不同温度的液体倒在同一个容器里，还来不及互相渗时那样。天凉好个秋，猛士唱大风，好世界，谁来守之？天山南麓的无数绿洲田园，而今是一种何等美丽的情调，又是一种怎样的珍贵的存在？按道理说，真正的守卫应该来自对美的真正理解，然而并不，实际上恰恰是能够认识美物的往往无力守卫，而能够守卫她的却并不需要过于浓郁的情趣。

猛抬头，仰颈望见了天空。

那是怎样的一个全部的、电镀水洗的、湛蓝深邃、透彻心脾的新疆式的天空啊！仿佛你头顶上的这片天空之外再不可能还有天空了。它像一只无限放大的蓝灰色眼珠，从另一个世界凝望着你，覆盖着你，永远无言地询问着你的终点。

在低矮的山峦之上，被天的背景托衬着的一大片云朵赫然笼罩，它仿佛只是天空的一片衣饰、一个随意丢失的手绢，但却对这些山峦造成巨大的压力和无形的控制。

这个云团，它只是天空的一小部分，却已经足够比我们看过去很大的山峦大了许多倍！它的尾部正被自己的速度和风拉成狭长状，然而并没有从整体中分离开来。而它的庞大身躯正显得雍容有度，充满自信。在它的类似头部的位置，恰当秋阳，强烈的光射穿了它，晒胀了它，它正像一颗熟透的棉桃那样，当空爆裂，灿然绽放。

这是一朵“伟大”的花，它正怒放在天空中，天空是它的土壤。

我定睛仰望着这云团，这辉耀戈壁、装点关山的长云大块，我想着在别的任何地方都未曾见到这种磅礴云朵这件事，黯然良久，心胸充溢。我感到一股爱的力量正在我的肢体中蔓延开来的滋味，我品咂着它，然后上车继续南行。

满座衣冠

一个模拟喀喇昆仑防区万分之一比例的大沙盘已经摆在那里，它几乎有半个篮球场那么大。一刹那间，巨大的军帐里，雪亮的灯光之下，雄阔万里的庞大昆仑山脉就静静地摊开在我们脚下了。

这是个非常气派的沙盘，起码我是平生第一次见到如此庞大精密的地域塑像。我望着沙盘上标出的那些熟悉的地名，脑子里间或闪过十年前那次昆仑山之行的片断回忆，一种错位和陌生的效果令我疑惑。我无法把真实的昆仑和这座模拟的沙盘联系起来，不是昆仑变成了侏儒就是我们变成了巨人。面对逼真的假物，总会使人对自己产生怀疑。

然而这个课目的目的正是弄假成真。

军帐之上是战时伪装网，军帐之内是灯光如雪，沿着沙盘模型的四边已经坐满了如云将校，气氛肃穆，满座衣冠。

几百双眼睛盯着这个“场”——这个假想的战场，要调动出每个人的全部的想象力，把眼下的这个沙盘放大、再放大，并把这个无声的模型理解为战局变化、攻守错动着的生死战场。模拟，假想，纸上谈兵，假戏真做，就是这个沙盘课目的特点。然而，它的假却是别的假冒货色不可比拟的，别的假都在掩饰真，唯有它，是为了真实。战争的真实是世间一切真实中最赤裸、最强烈的一种，它的真实已经炫目得令人恐怖、原始到令生命不易承受的地步。所以，只能“模拟”。

这时，满座衣冠鸦雀无声之下，忽然蹒跚走进两位互相搀扶着身着便服的老人。其中一位年过八旬、瘦骨嶙峋，他缓缓入座，四顾茫然。这位孤独的老人无声地面对沙盘而坐，仿佛对周围的檐冠亮星已经十分陌生和疏离，甚至对周围的满座衣冠有些微的惶恐与不安。

没有人向大家介绍他是谁。

也没有人起身向他敬礼或跑上去与他亲切地握手。

这是一个被军官们的现存世界遗忘了的人，一个瘦老头。从外表上看过去，他和街上任何一位看自行车的老头毫无区别。这时，他的目光略显呆痴地望着面前的沙盘，嘴角隐约着一丝不易被人觉察的傻笑。

“刘发秀将军！”我估计不会猜错，因为他的一个原来当工兵营长后来转业了的儿子是我的朋友，形貌酷似乃父。这个大名如雷贯耳的老红军，一生经历百战，亲手杀敌无数，长征万里，解放新疆，半辈子就守定了眼前这个沙盘所标志的地域。故将军而今垂垂老矣，岂止灞陵醉尉，不识名将乎？

这位昔日战争的行家里手，正面对着他熟如掌中纹路的防区，等着听一些从未打过仗的师团长演练布兵，运筹帷幄。

他嘴角的傻笑意味深长。

正当此时，一阵骚动，这次战役演习的几位真正的导演，登场了。其实真正的导演只有一位，就是战区司令员。看起来似乎还很年轻的上将，身材矮壮，面色泛红，就像一颗随时准备出膛的炮弹，身体里总像是憋足了劲。他是一个有杀气、有分量的人，一望便知他对作战充满了跃跃欲试的渴望。

在任何一级的范围里，主官都是主角，凡是训练有素的主官都具备那种坐镇压台、起动惊风的作用。战区司令无疑是带兵的材料，举动果决自信，思路坚实质朴。他的面部表情里带着某种似乎不甚和谐的特点，他整体表现出来的老练果断，与他面貌上依稀可辨的“娃娃相”有些矛盾，尤其是与他微笑时眼睛里透出的某种顽童表情不是很统一。的确是这样，司令员的脸上因此看不出多少世故油滑的痕迹。

所有的目光都不时地投向他，打量研究，琢磨他脸上任何一点细微的表情变化。在战区的范围内，他几乎代表了每个军官的命运。数万官兵，演练在即，一举一动，得失成败，全都在总导演的眼皮子底下啊。

野战师团就这样在沙盘上展开了他们的作战预想和部署。作战方案的讨论和拟订，远远超过了任何一位博士研究生毕业论文答辩时所承受的心理压力，将领们的思维无法猜测，专家们的挑剔无法躲避，而且，军中无戏言，兵败如山倒，谁不能掂出压在师团干部肩上的沉甸甸的分量呢？

都说当官舒服，谁承担过临战时的千钧重压

呢？仅仅是一场战役演习，还不是真打，多少人在两个月里睡不安枕、食不甘味，一颗心吊在腔子里落不到原处哟！

突然，司令员从座位上站起来了，他离开座席，径直大踏步跨进沙盘里。这一举动谁也没有想到。他看也不看，就从喀喇昆仑山脉的上空跨越过去，从这座山峰一步迈向另一座山峰，他端详着，比画着，似已成竹在胸。然后他回到座位上。

两个小时之后，司令员开始发表意见了，当然，他的意见就是指示，他讲得很慢，没有一个字是讲错或重复的，简练，准确，像拍发电报命令那样。每一个字都像一粒亮晶晶的子弹，放在桌面上。

满座肃然。

我想起辛弃疾的那两句词：易水萧萧西风冷，满座衣冠似雪。

欲渡河

这一天早晨，开都河岸边热闹非凡，几百部车辆云集七个星地段，一场渡河之役就要在这里展开。

发源于萨阿尔明山的开都河,蜿蜒向西转东南,流经著名的巴音布鲁克大草原和丰饶的焉耆盆地,注入博斯腾湖。

我坐在河岸边等待演习开始。河水无声,从脚下轻轻流过去,像一只善解人意的小猫从膝下溜过去的样子,它不想惊扰你,只是顺便用毛茸茸的尾巴扫弄一下,便是一派温柔。

新疆的河几乎毫无例外地都属于这类广阔天地里的可爱小宠物,这是开都河,还有我熟悉的巩乃斯河、叶尔羌河,甚至包括水流浩荡的额尔齐斯河,都是可爱的。如果说黄河伟大但有时浪涛咆哮如虎狼的话,或者说长江浩荡但难免洪峰溢处似狮象,那么新疆的河就都是小鹿和小兔,它也是水的生命,但它绝对有益无害。新疆的地域是太过于雄伟阔大了,所以使它的一条条河流,全成了山峰帝王膝下可爱的小公主。

此时正是早秋天气。秋风芦苇,碧野蓝天,红砖瓦窑,一流如带。节日一般的天气,集市一般的盛况,这一切美好的,竟然是由于对战争的设想而造成的。"良辰美景奈何天,赏心乐事谁家院?"人世间,何不可笑!

"红军集群为了确保战役通道畅通,保证战役反击部队快速机动,命令工兵第一三七团配属部分高炮分队迅速进至开都河,勘察开设渡场,确保步兵第五师北路纵队快速机动。”

就这样,河上的战斗开始了。

对于部队来说,一切行动的成功与否,都是由时间来体现的。命令步兵几点几分到达位置,就必须几点几分到达;命令步兵几点几分对蓝军实施轰炸,就一定在天空响起轰鸣,爆破点便在开都河沿岸和河中炸响,激起冲天水柱;命令工兵团在多长时间里架设起浮桥,工兵团就准时在河面上架设完毕,红绿旗摆动,步兵车辆立即通过。

对企业来说,时间就是金钱;对部队而言,时间就是胜利、就是生命!没有什么人在体现时间的严格意义上比得上军人,也没有什么人在理解时间的宽泛意义上比得上诗人,生命的高度紧迫和舒松,正好体现在这两种人身上。

我看着一身迷彩间套着橘红作业衣的工兵在浮桥上忙碌,看着先遣连的冲锋舟在河面往来,也看着蒙着伪装网的兵车从田野的隐蔽地带开出来,缓缓驶上浮桥。爆炸声打破田园寂静,黑色烟尘弥漫天空,仿佛在一幅刚刚画好的彩色山水田园画上打翻了砚台,溅上去大片水墨!直升机从白杨林带的绿浪上掠过去，犹如破浪而行的一群快艇，它们调皮地逗引着对空高炮阵地，不断喘息着发射出一片怒火……

这一个小时的课目，非常精彩。

我想到了这个工兵团的团长。十年前他曾拿着一篇论我的边塞诗和军旅诗的文章来找我，那时他是小学生。十年后的今天，他在开都河上写了这篇大一些的文章给我看，组织严谨，训练有素，文气冲天。

现在我是小学生。

我着实为他高兴，也因他而感动。十年弹指一挥间，多少新松拔地起；十年一觉扬州梦，世上新人赶旧人。其实，我为什么不能当小学生呢？在不断变化的现实生活中，在社会和人生的广阔舞台上。我远非全知全能，更不想背着一个小小的包袱行路，我是心甘情愿地向一切知识学习的啊！头脑清醒的人都能体会得到，甘当小学生，是一件非常轻松愉快的事呢！

“公竟渡河”，渡什么河？仅仅是渡开都河吗？每个人都在“渡河”呢，不仅仅是工兵和步兵在“渡”啊！从生下来的那一刻起，人就开始渡河了，生命就是一次从此岸到彼岸的泅渡。没有任何工兵会为你架设浮桥，只有靠自己，去游……生命就是两界虚无之间的一次活泼的游渡啊，管它风大浪险，管它浮沉起落，人啊，就是要奋力去游！

大块文章

总攻开始了。这是此次演习当中最精彩的一天。这一天秋风暖日，冈峦错落，沙场静寂。十万观众密密麻麻坐满各个山头，竟然在长天大野之下显得悄然无声。一切都成为次要的、不值得提起的，所有的注意力都在等待着这出重头戏开场。

人们看着眼前，感到一种惊讶：这么一块荒凉废弃的戈壁荒野，如何就变成现在这样一个井然有序、天造地设的演习场了呢？野战师团究竟做了多少手脚，就把这残山剩垒整顿得如此像模像样了呢？

没有什么建筑，连一间土房子也没有，无非是一些帐篷，一些修整后的看台、路径，一些路标、指示牌、伪装网，一些宽敞的编号停车场，但就是这些人工刀斧使这里变成了另一番气象——野战的风采。

真是“剩水残山无态度，被疏梅料理成风

月”。演习尚未开始,手笔已经不凡了。与野战的宏伟场面相比,那些拳打脚踢、街巷枪战之类的武把戏,都显得太小巧,太具有表演的成分了。在野战中,几乎没有什么个人英雄主义可言,一切都在于协同、配合,准确地达到预期目的,实现战役意图。没有一个人是可有可无的,也没有一个人可以包打天下。每一个人、一辆坦克、一架飞机、一门火炮、一枚导弹或火箭、一辆救护车和车上的军医、一个军帐和保障组、一个工兵和架线兵……都是一个活动着的汉字或标点,组成演习这篇大块文章。

放眼看去,偌大的场地上几乎没什么活动的人,一切参演部队和保障演习的部队都隐蔽在褐色的大地上,引而不发,等候命令。

轰炸机群出现了。轰炸机给人的印象是平稳的,甚至于有一种慈祥。但是它投下的炸弹显得极其刻薄毒辣,不留余地。

歼击机在阳光下有些类似儿童玩具,就像是假的一样。它们闪着并不刺目的银光,编组向地面俯冲攻击,像一些斜掠俯冲的鸟,脸上没有表情。在斜劈的低点,翅下光火一闪,两枚导弹发射出去,轨道清晰可见,命中地面目标!后来高炮向天空围猎，像猎犬那样愤怒地狂吠着，每一阵咆哮都使大地震颤，腾起气浪烟尘。然而它发射出的一组一组炮弹，却在天空爆发成一片一片的小白点，礼花一般。

榴弹炮群和火箭炮群像两个争相向一座山峰表达爱情的粗鲁乡巴佬儿。火箭炮的表达方式是成片爆炸的，呈地毯状；榴弹炮显得笨一些，但更结实，它的每一下爆炸都惊心动魄。

坦克集群的阵势，是现代意义上的金戈铁马。它们的驰驱没有马那样灵活可爱，但是更沉重、更冷酷。无数道坦克烟尘在戈壁上扯起来，使沙场变得像一个小小的容器。坦克的炮弹在出膛时仿佛被炮口憋了一下，挤出一种清脆的铜音。至于步兵的运动，以及他们各种激烈的火器声响，在战场上全都被浓烟遮没，为震耳欲聋的爆炸声所掩盖。重机枪像鸽子一样咕咕地低唤着，其他的轻火器像小鸟的叫声一样微弱。

人们不由自主地从座位上站起来，伸长了脖颈儿，目瞪口呆。谁都可以想象出成为炮阵地的攻击目标——那会是怎样的一种恐怖。

而战争的手笔常常就是用这类东西写就的，它以轰炸为序篇，以坦克集群为诗行，以成万吨计的炮火和几十万训练有素的士兵为长篇文字，以导弹、火箭、远程轰炸、俯冲攻击为神来之笔，以战场上的每一次大的推进和战役实施为章节，以火光、浓烟、震撼大地的轰响为气势……当然，还以无数的生命和鲜血为代价——战争的大块文章，无妨说就是蘸着这样多鲜红的墨汁写成的。

吹角连营

沙场上的最后一个节目，是检阅演习部队，到了这时候，才算是“点兵”了。点兵和阅兵不完全一样，如果阅兵是将军阅兵的话，点兵就有点类似兵阅将军。

兵阵整肃，吹角连营。几万参演部队以营为方阵，在戈壁上一字连贯排开，钢盔迷彩，战车火炮，一律的面孔黝黑如铁，一律的双眼炯炯如星，方阵无声，沉雷在蓄。连营战阵之前，真正是把虎豹儿郎的阳刚铁血之气发挥得淋漓尽致了。

战区司令乘敞篷越野车缓缓从一块接一块的部队前行过，他在点兵，也在受阅——几万名官兵的眼睛凝视着他。如若不是真正的统兵之将，是难以承受这样的目光的，也是难以环视自若地从这样的部队面前走过的。我想，一个将领的辉煌时刻不是鲜花彩束，不是在主席台前排就座，甚至也不是授勋，而是战役胜利后的点兵。

点兵，这是怎样的一种大战不死、劫后重逢的时刻呢？这是怎样的一种富于人情味的会面和交流呢？战役的指挥者和战役的实施者会面了，他们没有过多的话，没有过于热烈的场面，就这样互相凝视、相互检阅。这里面含有一种审视，也含有一种信赖，含有一种默契、会心，还含有一种特殊的抚爱。难怪辛弃疾会有“醉里挑灯看剑，梦回吹角连营”之慨呢，一个领兵的人，经历过这样一种与大众兵群心会情通的感受之后，他怎么可能忘记呢？

大悲大喜，大起大落，大恨大爱。自此之后，一个人怎么可能还会纠缠于小我情爱、一己恩怨之中不能自拔呢？古时有“大人”“小人”之谓，撇开阶级地位而论，有更深刻的意义埋在其中。胸中装的事大，心里盛的人多，这就是大人；相反，盘算皆私事，天下尽外人，就是小人。一个货真价实的将军怎么可能是不爱兵的人呢？

善用兵者，会爱兵也。十万儿郎尽吾子，爱兵如父，然而又不能尽如慈父，尽如慈父则兵疲将怠。兵非宠物，不能溺爱，尤不能以妇人之仁去爱。这几乎是全部带兵主官们的共识。

你看见阵前列队的这些兵了吧，两个月的戈壁扎营和演习准备，把他们弄得面目全非，黝黑如炭。他们的确是辛苦了，戈壁滩上是五十摄氏度的高温酷热，露宿的帐篷里，眼看着蜡烛一截儿一截儿地往下化，人是怎么忍受的呢？但是参观了宿营部队的群众却交口称赞，他们感叹说："到底不愧是解放军，住在戈壁滩上也不一样！"

怎么个不一样呢？帐篷全部呈一条线，简洁明畅，一丝不苟。阵地是阵地，生活区是生活区，彩门搭起来，临时路径修得利利索索，一切都是精心的、明晰的，不脏不乱，一派活力。经过了两个多月演练生活的战士，这时你再看，个个透着一股精神、一派硬气。劳其筋骨，累其体肤，然后激发其斗志，磨炼其品格，养成其依托集体、前仆后继、完成任务、不怕牺牲的大英雄主义精神。

这时候才是兵——真正的战士！

将军决战岂止在战场，这话是对的，因为早在"用兵"之前，在带兵、练兵的时候，其实胜负已定。带得出能"用"的兵，才是将领的基本功。

尾 声

9月11日下午，演习毕，点兵罢。三军风尘未落，炮口灼热犹温，各野战师团已经收拾行装，告别戈壁。几千辆军车火炮满载官兵，逶迤驶进库尔勒城，他们将通过人群和花束的热情之海。为了送演习部队，库尔勒城如同节日，倾城出动了。

也许是因为部队十年寂寂远避闹市，也许是因为演习部队两个多月驻营戈壁不曾扰民，也许还因为这次战役演习搞得精彩纷呈，令群众大开眼界，总之欢送的场面水乳交融，呈现出的军民鱼水之情，令人不由得想见当年中国人民解放军正义之师、人民子弟兵的风采。

人民军队的本质，就在这里。

沿途十里的人众，争睹军容。

姑娘们把花束扔进兵车；小学生们有的坐在了炮车上，把红领巾系在大炮上；还有的小伙子坐进军车驾驶舱，沿途挥手致意，俨然名将凯旋。库尔勒城所有沿街的窗门和阳台洞开，挤满了脑袋，连楼顶上都站满了人。

军乐，花束；人群，气球；彩带，歌声……当然还有丽日蓝天，这一切使这座南疆重镇变得非常亲切、异常美丽。全城的各族人民给了数万官兵一个盛大的节日。

兵车缓缓，一辆接一辆。

每一辆兵车上都有战士的笑脸；每一辆兵车上都有战士们对边疆父老乡亲的敬礼；每一辆兵车上都有战士们稚气、深情的标语，那些话语像一句小诗、一声欢叫、一阵滚烫的热流……

这时你会觉得战士们是可爱的，你还会觉得士兵们是有教养的。他们活泼、健康，吃苦耐劳，无拘无束，青春的生命在欢乐时自会有独特的表达，乐观开朗，热情洋溢！

是谁把一丛戈壁上的骆驼刺高高擎起在坦克塔上？那丛骆驼刺在空中，仿佛在暗示着什么。

是谁用歪歪斜斜的笔迹在绿色车厢板上写下这行字："永远怀念——亲人们！"

每一辆军车都像一座移动着的小小绿色舞台，展示着战士的感激、士兵的心愿。上千辆军车，一浪高过一浪；车上车下，风展红旗如画。整整两个多小时，心潮逐浪高，竟没有人倦怠。团结、紧张、严肃了两个多月，此刻，活泼爆发了！

这时你才会意识到，士兵是真正的主角。

我相信，很久以后我都不会忘记这些场景，还有这些陌生而又亲切的面孔，他们梦幻般地呈现，然后忽然消失，风去波平，使生活重新恢复故态。

这一切太美妙了，美妙得如同梦幻。演习如同被导演出来的一部气魄宏大的电影，现在电影演完了。

我坐在返回的车上，一路上都在汽车马达声的掩护下低声地哼唱着歌。我唱施光南的《祝酒歌》，我唱那首知识青年下乡时流行的《塔里木河》。我一遍一遍地唱这些歌，好像一瞬间全部理解了歌里的意义。

我仿佛找回了一个时代。

一路上，我泪流满面。

1994年10月22日匆匆写完

旋动的肢体

有人早就说过了:你在舞台上看不到真正的舞蹈。

这句话堪称一句名言。因为这句话在对一类被脂粉包裹着的事物充满藐视的同时,对另一类被生活的尘土遮盖着的事物表达了深切的认可。

如果舞蹈原本作为人体在情绪之手的神秘力量下的自然旋动,它的语言藏于开合剪动的步态,隐于难于言传的神韵,它的暗示在眉梢眼角,一颦一笑之间,它甚至就是在风尘之下、市井之肆、绿洲大漠之间呼吸着、生动着、旋转着的一种生命的姿态。

我但愿人们能够这样,专注于生活中的肢体的旋舞,迷醉于风的精灵拨动万物时的姿态,而不至于长期地被夸饰的华彩所迷惑。

行走着的肢体有一种美。

行走着的肢体有一种千差万别的美，独特的美。

地域、文化、民族，时间的力量微妙地传递下来，传递在移动的肢体上，体现了无形力量的控驭。

这就是舞姿奇异的花所植根的土壤。

是风催动了森林、树木、花草的舞蹈；是山势造成了河流的扭动、浪花的欢跃；是生命的活力使得鸟在空中盘旋，兽在大地奔跑。那么是什么，使生存在这一片地域的人们行动、旋转，进而爆发演变出这样质朴自然的舞蹈呢？

也许是沙漠吧——

沙漠是那么寂静，沙丘和流沙是那样一种休酣宁静了的起伏和律动，像静止的海却保留了海的波浪，也像沉睡了的风，却留下了风运行过的形状。

赤足的人们受到黄昏的感召，被内心的要求驱使，在海的模型上舞蹈。瞧那老人的专注吧（在跳莎车县赛乃姆舞），可是为什么老人在沙漠里跳舞而不是在公园里打太极拳呢？

那么也许是叶尔羌吧？

叶尔羌河是一条永远也爬不出沙漠的蛇，它

永远在爬，在扭，在向前流泻，可是它永远在沙漠里。

那些跳刀郎舞的人们，那些农民，粗手大脚，袷袢里灌满了沙子，胡须里和头发里也灌满了沙子。他们的舞本来没有观众，但是现在不但有了，而且名扬四方。人们是把他们的舞蹈当作一种奇怪的行为来看待的，却不能理喻。而且可能连他们自己也不理解自己的舞蹈，他们已经把这当成一种风习。

没有遗弃沙漠也没有被沙漠遗弃的人们，谁能够洞悉他们茫然的固执的内心呢？

那么剩下的就是麦西来普的呼唤了，唢呐上气不接下气的尖嗓子，达甫鼓的鼓面上带汗渍的手指灵活移动留下的响声(萨玛舞)。

谁集合起这样众多的舞蹈者？

谁使这样浩大的人群顺从于舞蹈？

这一切，都是难以解答的。

舞蹈者的现象背后，隐藏着数千年的复杂原因，这难以解答的问题也许不必解答，舞蹈——这历史悠久的人体现象还存在着，演变着，发展着，大概这就足够了。

舞蹈是劳动者创造的。

摘葡萄的劳动妇女创造了摘葡萄舞，田野上歇息的农民创造了表情滑稽、动作幽默的对舞，旋转的木轮车和织档使人们创造了欢快的舞姿和旋转的身姿。当然，还有宗教精神的凝聚和渗透，还有山川河流的影响和塑造。

委婉向上伸出的手臂从枝叶间穿过，那是喜悦的，试探、体验过辛勤劳动的少女手臂。

做出各种怪相、模仿各种可笑姿势的舞者，是那些每天被自然土地充给了活力的人。

至于那些舞得十分专注、庄严的老人，他们能够对舞蹈倾注如此稳重深厚的态度，足可看出是一些对人生有过深入体验的人。

这一切使我们肃然起敬。

从衣衫褴褛的舞蹈者身上，从沉浸于夕照大漠的舞蹈者身上，从置身于艾提尕尔广场的舞蹈者身上，我们认识的远不止舞蹈，远不止一个民族。

很长时间以来，我们习惯了舞台上、屏幕上的那些俊男俊女们人为做作的表演，我们把那叫成了“舞蹈”。这使人们忽略了在生活中真实存在的肢体美丽的瞬间，这真是一种对美的麻木。

让我们恢复知觉吧——因为在没有被世俗的

力量污染之前，我们每一个人本来都是审美大师！

你看你看，于田县衣饰古朴的妇女们从村外小路上结伴行来的姿态是典雅优美的三人舞；火焰山下手扶葡萄篮子的少女舒展的腰身是不需化妆布景的独舞；还有夏地亚纳、赛乃姆、纳孜尔库姆、刀郎这些民间群舞，其规模更是舞台上无法容纳的。

舒展的人体，有多么美！

旋转的身姿，有多么美！

朴素得像生活本身一样的未化妆的舞蹈者，又该有多么美！

在重复夸耀的广告面前，在脂粉掩饰的舞台上，真实的面容、质朴的灵魂，该是何等珍贵的美！这一切，可惜都将成为最后一个镜头，最后的因而也是最珍贵的。

旋转的舞蹈和缓缓展开的手臂，跨腿跳转和动肩，模拟狩猎和战争的群舞动作，这些，迟早会像描绘了美丽花纹的土陶一样被现实粉碎。

那时，捡拾起来并抚摸着这些碎片的后人会说什么呢？

黄昏的炊烟

一直往西走，就会找到这里。

磅礴而又蜿蜒的天山山脉用它的身躯提高、调动、组织起这里的一切——河谷、盆地、绿洲和人们的生存。它给了我们各族人民共同需要的雪水河流的时候，却奇怪地给了我们不同的语言。

一个很容易被人注意到的现象就出现了：在这里，音乐和旋律比语言更能使各民族的人们接受，更能使人们相互理解、沟通。因为，音乐用不着翻译。

是谁更容易走进耳朵的大门呢？是音乐。

是谁更容易推开心灵的窗户呢？还是音乐。

这时正是黄昏。

天山山脉的几乎每一座峡谷，每一道河谷，每一片倚靠着松林的牧场里，都珍藏着一曲苍茫宁静的黄昏。

这里仿佛就是时间累了之后休息的最佳港湾,没有哪里的黄昏比这里的黄昏更像黄昏。

“远处,牧女的手镯子一亮,羊群归圈了……”

这时,炊烟升起来,在黄昏的暮色和歇脚的浮云间游动、摇摆、上升。它们交融在一起,却又界限分明,就像优美的旋律和它创造出的意境一样。

炊烟是旋律,黄昏就是意境。

黄昏的炊烟招手,招手在毡帐上空。

这种对今天的许多人是十分奢侈的诗意享受,在天山美丽的怀抱里,依然舒卷自如,像生活朴素的旗帜。

歌也是旗帜,飘扬在生活中。

歌声看起来似乎是高响入云的,那只是它的外貌,它的外貌像风一样掠过,轻盈无形;但它实质上却是水,露水、泉水或奔流的河水,渗透、滋润、浇灌一块块心灵的田亩。

当世界被弄得越来越复杂喧闹的时候,那么到草原来吧,朴素大胆的民歌总是能还原生命的本来面目。

只有民歌才会这样唱:

说“半个月亮爬上来”。

说“歌声使我迷了路，我从山坡滚下”。

还说“你要想嫁人不要嫁给别人，一定要嫁给我，带着你的钱财领着你的妹妹，赶着那马车来”。

只有在质朴的劳动人民中，才能唱出这样生动直露的情歌，一点都不装模作样，一点都不故弄玄虚，这才是一个人真实的灵魂的感情。

歌声比它的创造者活得更长久。

有时候真该想一想，人为什么要唱歌？

纯真的歌，复杂的歌，青春的歌，忧伤的歌，唯独没有绝望的歌。因为只要唱歌，就是希望！为什么歌里总是在唱爱情呢？因为只有人在热爱着什么的时候，才是生命充满了希望的时刻。

游牧者广阔的世界，恰是一座天然的歌台。

松林里密密麻麻的听众，峡谷的麦克风，高山湖泊的乐池，湛蓝天空的幕布，雪山的舞台背景，奔腾马群的激越鼓点，伊犁河的优美旋律……这一切，都是天山造就出来的。我们的歌唱家、作曲家走遍了天山南北，把美丽的夜色和心中的诗情唱成东方迷人的小夜曲，还在讴歌现实时夹杂了偏爱和幻想，但是天山像白发披额的刚健老人一样一语不发。

谁也猜不透这座伟大的山脉在想什么。

谁也掀不起它的盖头，谁也看不见这位永恒的新娘的真面目。人们只能像孩子一样发问：花儿为什么这样红？即使这么简单的问题也是无法回答的，为什么这样红？

是的，只有天山是我们新疆各族人民心中永恒的新娘，她是我们每个人的梦想、理想、渴望和憧憬，是我们生活的根基和理想的终极，是我们的信心和爱的象征。因为这位永恒的新娘，我们才唱出了如此迷人的声音！

你经常注意到博格达峰吗？

你曾经有幸登上过公格尔九别峰吗？

你在险峻的盘山道上迎接过绮丽的九次日出吗？

你在转场的牧道上立马注视过踽踽独行的哈萨克族老牧人吗？

你走过羚羊奔窜的戈壁、鹰隼盘旋的山谷、阿肯远行的高原吗?

你也许在新疆生活了几十年,你也许还从来没有来过新疆,仅仅是耳闻,但是,你总是会想要弄清楚,新疆是什么?

新疆是什么呢?这是一个深刻的人向我们提出的问题。深刻的游方僧对此曾经有过回答,他说——

新疆是亚洲中心的一半。新疆是西域的核心。

新疆是处处天险中的条条道路。虚伪庸俗敬新疆而远之,豪爽真诚进新疆而复活。

这就是新疆本质中的一部分。

而它的全部,是无法概括的。

如果能在这种意义上倾听这些新疆的乐曲和民歌,那你就不会从华丽中感到虚伪,也不会从幽默中感到肤浅,而是会看到深沉浓重的暮色氛围中一缕顽强地向上挣扎的炊烟,听到生生不息的生命之火发出的无声呐喊!

又是一个早晨了,草原的早晨。

炊烟和晨雾形成的薄霭还没有散尽,太阳还没升起,人和草原上的一切生命却已经开始活动了。

但是黄昏的炊烟会被人遗忘么?

它们向人们的精神所注入的力量和理想,会消失么?

一直往西走,就会找到这里。

中　指

那时他并不知道夏天午睡起来的一段时间对于从事体力劳动的人来说，是充满危险的。

人从梦中醒来，头脑昏沉地行走在炎热的阳光下，短小的影子被压缩到脚底，仿佛灵魂钻回躯壳时留在外面的部分。在光天化日之下，他高一脚低一脚地走着，一切在他眼里都过于强烈，阳光炫目，思想混浊，周围的事物显得不够真实。即便是他已经触摸到的东西，也缺乏应有的感觉。

夏天的正午，四处散发着艾草和土壤的气息，懒散的意味消解着人的各种重振精神的努力，它令人麻木，让人松弛。

他的肌体松软无力，似乎还没有醒来。血液像夏日的河流那样迂缓宁静，发出嗡嗡的响声；响声有一种排斥外界声响的作用，像是肉体发出的对自身的强调。

到砖场去的路上谁都不肯说话，都低垂着头，一个跟着一个，脚步疲沓。前一个人只要从一根躺倒的木头旁愚蠢地绕过去，后面的也照样跟着绕过去，没有人自作主张从木头上跨过去。

四班的人一个个呆若木鸡。

平时显得越活跃，睡觉起来以后越懒散。机敏灵活的人，往往比一般人更显得随便和懒洋洋的。

午睡起来的一段时间是容易出差错的，这时候很危险，但是人们往往容易忽视。电闸推上去，打砖机咔嚓咔嚓地响起来，四班的人各就各位，他们已经干了好几天了。他看见秦俊的疙瘩脸上闪着油光，已经有一些汗水渗出来。这个家伙仿佛对机械一类的东西格外有兴趣，容易兴奋起来。但是填湿土的玉素甫江显得慵懒无力，太肥胖的躯体可能苏醒得更慢一些。

他机械地操作着，貌似专注，实为恍惚，周围的声响和动作都变得与自己很疏远，仿佛被一种透明的胶质物隔开。他始终没有从午觉的困境中彻底摆脱出来，一半来到了砖场，另一半还顽固地往睡梦里扯，全不顾这一派蓝天亮日。在这方面，说不上肉体和灵魂究竟是哪一个醒来得更迟缓，总之这时的它俩配合不够默契，就像两个缓缓转动的齿轮总也对不上齿口。

后来就发生了那件和中指有关的事，真正清醒过来的时候就是那时候。中指被打砖机夹住是事先谁也没想到的，中指是活的，打砖机是死的，像小鸟一样灵活飞舞的中指怎么会被石头一样笨重的打砖机咬住呢？但是现在被咬住了。被咬住中指的那只手的其他手指，犹如小鸟的翅膀那样抖动着，它在颤抖，它在鸣叫，但是打砖机像一只被戏弄了很久终于捕获了猎物的猫那样，咬紧了牙关，它阴冷地咬住猎物。

骄傲的手指刚才还在它齿边绕来绕去，戏弄它，无数次地逗着这个笨重的蠢物，现在终于被它咬住了。

他清醒过来，他记得他叫了一声："哎哟我的手！"他的叫声并不太大，但是周围的人立即就反应过来了，可能那声叫得太直切，人们很快就把他的手从齿缝间拯救了出来。

他用另一只手紧紧攥住受伤的中指，他弯下腰，不停地转动身体，脸孔的表情紧张而又惊恐，令周围的人更加不安。谁都不知道这一秒钟之间发生的事有多么严重，一个肉体受到创伤的人使周围的肉体都感到了不安。

攥住中指的那只手的指缝间，清亮的血珠飞溅出来，宛如一些系了亮珠的红线从指缝间射出来，礼花一样，在空中划出一些优美的弧度，然后静寂地落在泥土上。随后是一些颜色浓重的血迅速地涂抹了起来，仿佛是油漆几根红柱子的工人完成了大半的工作。攥着中指的手被染红，鲜血的艳红浓郁刺目，有一种惊心动魄的力量，它的这种浓重、醒目的颜色令人警醒进而产生轻微的眩晕。

二排长跑过来问："指头断了没有？"

他说："没有。"

二排长放心了，说："你去包扎一下，休息。其他人继续干活。"

他离开砖场时又扭头看了一眼那机器，正硬邦邦地蹲在那里；打砖机毫无表情，它丝毫不认为自己伤害了谁。他产生不出对这家伙的仇恨，也没办法报复。揍它一顿毫无意义，它又不知道疼，可是它却能让别人疼。

只能怨自己不小心啦。

包扎的时候，他才看清那根受伤的指头：样子很悲惨，指尖的肉蛋被两块铁板生硬地挤破，爆裂成一个大豁口，看过去很像一张大鲨鱼的嘴。他几乎认不出这是自己的中指了，它的样子一下变陌生了。所幸只是夹住了指尖，如果再多伸进去一部分，就会把骨节夹断。

他看了看另外那只手，发现机器夹住的正是中指比食指和无名指长出去的部分。长了不到一指甲盖儿的那截，正是平常使中指高出两旁的，那是中指的头部，现在被摧毁了。看来是木秀于林风必摧之。

一种哀怜自己的心情随之萌生，后来，他甚至有了某种莫名的满足感、功臣感。在他用一只手洗脸的时候，还有一丝对自己的新鲜感。当周围的人对他的伤势询问、关心的时候，他还有一些小小的轰动效应之感。

第一天并不很疼，他看到全班都去上工唯独自己能休息，心里觉得挺舒服。当一个轻伤员是十分美好的享受啊，他这样想。他独自仰在床铺上，有时竟哼起歌来，旋即想到不够严肃痛苦，便止住。

可惜好景不长，第二天中午午睡的时候，他尝到了十指连心的滋味。这时候的疼痛已远远超过了受创的当时，当时手指是麻木的，心理上受到震荡惊吓的成分更为强烈;这时心里已经平复安定,但是真切的疼痛却开始了。

最初他感到指尖上一胀一胀的,仿佛是中指疼痛之前发出的信号。过了一会儿,他感觉到了针刺似的疼,并随着这种一胀一胀的力量尖锐起来,渐渐深入,持续并扩大。随着这疼痛的加深,他恐慌了,他害怕这种疼没完没了地加剧下去。

结果事情正像他预感的那样,疼像一台钻机那样越打越深,它很顽强地掘进着,而且很有耐心。它的每一下都朝着心里最薄弱的部位,它钻着,深入探索着。

他感到受伤的中指一跳一跳的,在发射什么,又在承受什么。疼痛对内心造成的压力使他不能安卧,翻来覆去无所适从,他有一种呻唤的要求,不叫出来似乎更疼。

周围的人都在睡午觉,他不想吵醒别人。他忍住,但终于忍不住了,便从床铺上爬起来,悄悄掩上门,走出去。

整个连队的土房子里都是静悄悄的,中午的阳光下,一片宁静。他独自走过去,一直走到几百米外的河滩上,呻吟起来。他是目前唯一的一个正在被疼痛拷打的犯人,十指连心,死去活来。疼痛正藏匿在他身体里，它无处躲避，也无法躲闪。他想在草地上躺上一会儿，疼痛又使他站起来，他像一只受伤的兽那样坐立不安。

他的呻唤对周围毫无影响，石头、草、泥土和芦苇对他的疼痛无动于衷，巩乃斯河发出轻微单调的声响，它流过去，对他并无安慰之意。太阳朗照，白云悠柔，天地之间似乎并无一丝一毫的对一根中指的在意。

他的呻唤对这世界而言太无足轻重了，不但如此，他的呻唤还在这片空阔地上显得轻飘、微弱、不谐调。一个孩子对着空谷喊上几嗓子，还会传来回声；一只公鸡在早晨啼叫一阵，还能引起震荡；可是他的呻唤虚弱无力，在中午宁静的河边毫无影响。

就像他根本不存在。

他哼哼唧唧，欲哭无泪，在草滩上打滚，就像那只被念了紧箍咒的猴子。他在为一次偶然疏忽造成的后果承受痛苦。

说起来真是不足为奇，这只不过是人所能遇到的灾难当中最轻微的。他如此疼痛，却不好意思哭——因为连哭的标准都不够。

他的中指并没有被切断。

许多年之后，连伤痕都很难看出来。

他觉得自己并不坚强，也并不懦弱，但他经历的这次疼痛却给他留下了深深的印象，比伤痕的印记远为深刻。

……一个中午，芦苇在凄凉地摇晃着，而巩乃斯的流水却缓缓地、义无反顾地从旁边滑过去，毫不经意。

世界停在那个受伤的中指上。

1995年4月6日

门　牙

鲁塌头这个人在四班被公认为稍欠正常。稍欠正常的原因在于他自己把自己搞得不太和谐。"塌头"这个外号含有两重意思，一层是指外表蔫头耷脑，精神萎靡不振，更深一层还含有对阳痿的暗示。

他姓鲁，但是四班的人都喜欢更简练地喊一声："塌头！"因为习以为常，他也毫不介意地转过头来问："叫我干啥？"大家对他这种以塌头为己任的精神十分欣赏，哈哈大笑。

鲁塌头的不大和谐之处主要有这样一些方面：他体格相当健壮，人却显得性情柔弱，优柔寡断。鲁塌头个子不算高，但肌肉发达，尤其两条大腿粗壮结实，像一个中量级举重运动员。按说他应该强悍一些，可是他不仅懒惰，而且惜力。每逢出大力流大汗的时候，他是能装孙子就装孙子，能偷懒就偷懒，好像他那一身力气是存着给人看的，舍不得用。他缺乏一丝一毫的英雄主义的激情，不管你怎么糟践他，只要不出力，他都认。

据说造成他这种性格的原因来自两个方面：一是因为家庭出身为城市小商人，使他不能理直气壮；二是初恋惨遭拒绝，顺便还背了个“癞蛤蟆想吃天鹅肉”的嘲笑议论，使他一蹶不振，自卑感极其沉重，跌入消极而不颓废的深渊。

消极使鲁塌头变成了一个感情纤细的壮汉，他长得酷似李玉和，却偏偏喜欢林黛玉，动辄多愁善感。黑子有一次听他津津乐道葬花题诗，大为烦恼道：“你他妈屠户一样的一个人，也来讲这些？成心恶心人呢！”

塌头和黑子并头睡在外间屋，两人似小孩，一阵好，一阵坏。一次不知因什么事发生争执，听得外间屋沉重有力的声响，像是钝重的铁器撞击，震得小土房子咚咚响。大家冲出去一看，正看见两人猛烈踢打的一幕。一见大家冲出来，两人同时停手，一边喘着粗气一边同时说：“没事儿，我俩闹着玩儿呢！”

黑子一只眼青了，鲁塌头正在用拳头擦嘴角上的血渍。

两人都说没事，就算没事吧！但是这件事使大家感到鲁塌头并不是真塌头，他还是一条汉子。

但是一个家庭出身和一次恋爱失败怎么能使这个人如此意志消沉呢？大家归结于性格，说鲁塌头就是那么个性子，灵肉不统一，有挫折感，万事甘居落后，他强健的体魄一点也改变不了内心的自卑软弱。

后来还是他们物理系的女生指出了原因，说："他始终是为他的两颗门牙在伤心自卑。"

门牙怎么了？鲁塌头的门牙在我们看来基本正常嘛。

女生笑了："你们说他的门牙像不像李玉和？让他演《红灯记》，不用化妆！"

这么一提醒，都笑了。大家都说："像，确实像，像神了。"黑子后来告诉我们，塌头对自己的两颗门牙失望极了，甚至有些恨他母亲，塌头说："要不是这两个门牙，我准是天下第一美男子！"

"那倒未必，"大家对鲁塌头这种狂妄的、毫无根据的假设一致表示轻蔑，说，"安上好牙也顶多算个不丑，那次求爱也还是以失败告终！"

有一段时间我们想改叫他"鲁玉和"，怎么叫也不答应，还转过头来用怨恨的眼光射你一下。

终于有一天他在背人处对我说:“还是叫‘鲁塌头’吧?”其情恳切,其音哀婉,颇有央告之意。从此复以“鲁塌头”相呼,其眼中有喜色。

我问他:“×××有什么特别好的,让你这么为她丢魂落魄的?”

他说:“丰满。”

我说:“丰满就那么重要吗?”

“唉,你不知道,”他说,“我一看见她胸前高耸的那两个地方心就慌,有时回想起来,真想一口咬下它们来。”

我看看他那两颗略突而翘的门牙,感到其切割能力一定很强。但我万万没有料到他的两颗门牙竟和我有了命中注定的缘分。

那段时间我们连的任务是平地,把河滩上高处的土铲平,填到低洼处,然后整修成一块蔬菜基地。巩乃斯河边的土地,沃壤千里,几里之内找不到一颗石头。土壤潮润、深厚,浮表一层织着野草的根系,一铁锹下去,就是一大块。这个活儿大家干得很来劲儿,站在高地上一字排开,一锹锹的土团飞出去,在远处落地开花,很是过瘾。

四月的天空春阳明媚,提人兴致。二排长干脆脱了个光膀子,朝手心里啐了两口唾沫,喊道:

“比赛谁扔得远来!”大家情绪高,因为不远处就是一群女生,她们的任务是捡草根,不时欢笑呐喊。

一个上午不知不觉就过去了。

临收工,排长说:“下午接着干。”

吃过午饭,各班摩拳擦掌,欲在下午一比高低。蓝毛是连里的壮汉,他拿了一把小钢锉,给我使了个眼色,两人凑到僻静处。我问他干什么,他说用钢锉把锹磨快,干起活来一定更顺手。我觉得这主意不坏。一把军用圆锹,本来已经磨得锃光瓦亮,再在锹锋上一锉,刃子出来了,钢刀利斧一般,提在手上,两臂生力。

下午干活的时候果然我和蓝毛大出风头,谁也不知道我俩把锹磨得像刀子那么快。

我的锹在插入土地的时刻令人陶醉,它切割草皮时锋利无比,“嚓”的一声,一脚踩到底,感觉极佳。我一锹一锹地运足劲儿扔着,我的手臂的爆发力和腰部的运转配合协调,甩出去的弧度极其完美。几乎每一锹土团都毫不松散地从锹尖上飞出去,成为一个完整的飞行整体,在空中,在阳光下,土团划出一个优美的抛物线,它们超越一个相当可观的距离,然后在远处落地,响起沉甸甸的一声,像是给了土地结实有力的一拳。

我觉得这种劳动太好玩啦！和体育差不多，不仅令我陶醉，而且足以显示我在体力上的优势。我沉浸在这种节奏中，品味着自己的每一锹，体会着运作的精义。

蓝毛脱成光膀子，他骨骼粗壮，肌腱分明。我没有脱背心，因为我虽然结实有力，但看起来并不强壮。

鲁塌头像女人一样抱了一堆草秆，从我们背后走过去。他晃晃悠悠，自我解嘲似的吹着口哨，一副满不在乎的懒散的样子。

我当时没有多看他，只是觉得他又在偷懒省力。

但是当我运足了劲儿又扔出一锹时，铁锹在出手的半途遇到了阻隔物——我感到锹尖撞上了一个温软的东西。在那一刹那，我完全来不及反应，但我的手臂立即像甩开的鞭子一样倏忽垂落，它已经通过某种传导感到恐怖的事发生了。

随即，我看到鲁塌头在我的锹前栽倒了。

一锹土盖在他头上，我的锹尖击在他的头部。“完了！”我呆站在那里，看着他在土里蠕动。我能感到这一锹有多猛烈，多锋利。他脸部血淋淋的可怖样子似乎马上就会呈现了。这一锹很可能会把人杀死，我吓坏了，心里祈祷着：但愿他还活着……

塌头脸朝地趴着，许久不动。过了一会儿，他蠕动着跪起来，抖着头颈，想把满头满脸的土抖掉。然后他跪在地上，一边不停地吐唾沫，一边用两只手在土里刨。他声音惶恐而绝望，不停地在说："我的牙呢……我的牙到哪儿去了……"

所有的人都围过来，不知所措地看着他。

等他抬起脸时，像奇迹一样——他脸上没有一滴血，而且竟然没有一丝一毫的创伤！

这怎么可能呢？这简直是太不可思议了！他不但活着，而且没受一点伤。那么这一铁锹是撞在谁脸上了呢？就是劈在岩石上，也得开缝啊，何况塌头分明被一锹击倒在地了呀！

二排长问："你没受伤？"

塌头哭丧着脸，心不在焉地东张西望，他还在找，嘴里不断地说："我的牙不见了……咦，我的牙怎么不见了？"后来，他咧开嘴给二排长看，大家凑过去一看，全都忍不住笑了。

我看到，他原来那两颗突出的门牙，被齐齐地从底部铲断了，周围的牙床连皮都没碰破，嘴唇也完好无损。

只是，鲁塌头还不断地啐、啐、啐，他在啐灌在嘴里的土。而且他终于从土里找见了那两颗牙，他擦拭着它们，揩干净，用手拿着放回原来的位置，在嘴上重新试了试。

黑子说："还试啥，长不上了。"

看着塌头的狼狈样子，我也忍不住嘿嘿地笑起来。

二排长瞪了我一眼："笑！笑什么笑！把人家牙打掉了，还笑！"

说完，二排长也笑起来了。

1995年4月2日

第三辑

命里的街道（散文）

一个人一生只能做一件事

“一个人一生只能做一件事。”这句话看起来有点意思。这句虽非至理也不出名的格言是谁说的？你也许会问。

是我。

有一天我和几位客人聊天，谈起了当今天下全民皆商的壮阔趋势。他们告诉我，现在不少的作家已经弃了笔，去做能赚钱的生意。他们说，你呢？你怎么看？

我就回答了这句话。

是的，只能做一件事。弃了笔的作家是值得怜悯的，因为他这样做就已经承认他一生没有力量完成一件事。一个放弃了初衷的人，在茫茫人世间，在每日每时的变化和运动中，他的内心一定是凌乱的。当然还有一些人，他们当初来的时候就不曾抱有初衷，而只想凑热闹。现在热闹凑完了，他们也该到别的地方凑新的热闹去了，社会永远不会只在一个地方热闹。

这种人来到人世间时，就压根儿没打算去做任何一件事，而只想在所有能引起他兴奋的事中捞好处，很有点像小偷。只不过这样的小偷往往引起世人的羡慕而不是厌恶。

这一切都发生在“文学失去了轰动以后”。失去了轰动，就是已不是社会热闹的焦点。于是，热衷于谈论《百年孤独》的人们忍受不了哪怕只有十年的寂寞，大势已去，真是“无处话凄凉”。但是，那些坚韧的、抱残守缺而初衷不改的真作家们却像冷静的雪峰那样，清醒地俯瞰着这一切，他们看着雪水在春天纷纷离去而并不感到忧伤或孤独，相反，他们感到轻松了一些。

雪水自有它们该去的地方。

雪峰们却并不会因此“贫雪”。

好在，有一座名叫博格达的雪峰就坐落在离我不远的位置，我喜欢远远地凝望它。它是蓝的，一种坚硬有质感的蓝。这种独特的蓝使它和天空的蓝区分开来，使我的肉眼能够看清它高踞于天空中的轮廓。在阳光炽热强烈的溅射中，它蒸腾着力量和光芒，默然无语，缓缓呼吸，有如一群无所不知的伟大神灵。

你如果心态宁静地久久看着它，有时偶然能听见它的声音，听懂它的话语：

“他们大势已去，你的时候就快来了。”

有一次，我听见它这么说。这声音在我心里久久回荡、深深弥漫，一直渗入血液和骨髓。我感动而感激。我心里说：“我的神，你算看透了我了。”

多年来，我做的所有的事其实都在为做一件事做准备，所以，那些所有的事都不算事。

多年来，我突飞猛进、杀伐征战，仿佛有点战果累累，而实际上是我始终没有找到那件事的边缘。

多年来，我居于喧嚣的闹市，各种叫卖的声音嘈杂，起哄和讨价还价的叫声震耳欲聋；真诚的声音是微弱的，它还没有离开口唇就被可怕的声浪淹没得无影无踪。

我也受到过扰乱，产生过疑问。这时候我就来到一个视野空旷的地方，独自默看那座博格达神。它仿佛能够医治我的灵魂，因为我信任它。渐渐地我就平静下来，在一种严峻崇高目光的俯视下，你无形中会反省自己，物欲的骚动会平息下去。我想，神呀，你一生中究竟做了多少事呢？你仿佛什么也没做，连一步也没挪动过，你一生所做的事不过就是站立着，永远也不垮下去。你远远地离开人们，远远地看人们争来斗去，生老病死；一代人的经验智慧随着他们的肉体埋进土里，下一代人又重新开始那老一套。他们忙忙碌碌，终生忧烦，似乎有永远做不完的事，临老，到彻底休息的时候一想，原来什么也没做。

时间到了，嚯——笛声响了。

所以人们老是想着："要是能够重活一回多好……"

重活一回的话，你愿意干什么？

"干文学。"我说。

如果不给你赋予文学家的才能呢？

"那我只好……当总统。"

1988年8月2日

命里的街道

一

我在这条街道上走着的时候，街道是无言的。它不会说话，没有表情，而且也没有生命。它像一艘旧船的甲板——一半沉没在岁月的水里，还有一半暴露在今日的阳光下，陈旧，有点倾斜，走上去凹凸不平。它像一艘船的残骸那样，陈示着无奈和认命的意味。

这时候正是秋天。秋天作为万物的刑官，正以它的肃杀之凛斩伐着多余的生命，并使之露出本相。秋末的太阳要比初春的太阳显得温暖许多，然而在它的抚照下，树叶纷纷落地，一种无法抗拒的衰败与坠落在时序中弥漫。它揭开了什么，又告知了什么，但没有说话。

我就在这样一种时候，在这样一条普通的北

方城市的僻静小街上走着，我走得面目全非，满心都是皱纹。

一片一片的落叶在地上躺着，等着我的脚踩上去，似曾相识，但却陌生。它们像是和我毫无关系，也像是和我早有密约，这一片一片的落叶正像我写过的一张一张稿纸，当初饱承心力，而今散落街头。

没有一个人会拾起它们，连我自己也懒得弯腰。我只是多看了它们几眼，看的刹那，我感到满嘴苦涩，我承认，它们不是粮食，只是树叶。

我为什么成了这样一棵抛撒落叶的树呢，我为什么没有成为一棵抛撒传单、钱币、花朵等东西的树呢，这里面的原因我不是很清楚。

是命运让我来到这条街道上，又让我远去他乡数年之后重回到这条街道上。恍恍惚惚就已经是第四十个秋天了，我忽然意识到我与这条街道的关系，这桩非常普通的事里充满了暗示。

我承认，我没有跳出这条街道的手掌。我以为跳了很远，结果一落地还在上面。

孙悟空在如来佛手心里翻跟头的故事，是不能完全当作神话来看待的。

二

我们没有自己的家。

这条街道上的一座院落也不是我们家，它本来和我们毫无关系，据说原是盛世才的东花园，后成了中级党校。四十年的时光使我们把这个地方当成了自己的家，而且还当成了自己的根据地。

真正意义上的家在万里之外，那里埋着祖上的骨殖，也有属于自己的宅基地，但是我们远离了乡音故土。这一切都是革命带来的。革命改变了我们一家人的命运，使太行山中的一支周姓，成了天山脚下的人群。想想，“革命”实在是太名副其实了，它真正的意思就是：改变命运。

而命运在大幅度的激烈改变中失去了根基，我们反而没有自己的家了。我们加入了一个新的大家族——它是强大的，无处不在的，而且是令人振奋自豪的，我们相信这个家族的力量，并随时听候它的调遣。

就这样，我们来到了自己命里的街道。那时也是秋天，满地落叶，寻常巷陌。我当时无论如何也不能想到它和我一生的命运有什么关系，我才九岁，我喜欢新鲜的地方、新鲜的家，我不知道这就是命运赐给我的一条小船。我将在这上面走来走去。

三

这样一个院落对于九岁的人来说,仍然是太大了。它的周围有土城墙,院中有相当于一座小森林那样多的杂树,所以落叶,往往是层叠厚实的。

有一个小池塘,水色森然幽绿,浮着残叶和藻类,犹如旧时代的一只没落哀怨的眼睛。

有一幢小红楼,砖木结构的,三层楼里都铺设了地板,楼梯是红色的木阶和扶栏。这幢小楼是一座藏书二十余万册的图书馆。

还有一座木制亭榭,亭榭周围是大片的花草,盛开时满地锦绣,数亩之地,姹紫嫣红。

仿佛还有井?

仿佛还有残碑、石刻、题铭?

记不清了。现在除了小红楼和一小片树林,其他的都消失了。

这就是另一个姓周的少年的“百草园和三味书屋”,它们很大,还算宁静,但它已经绝不属于某一个人家了。类似的这种地方是否还能培养一个人的想象力呢？这个像衙门又像校园的地方，在它的一座四合院平房里，保留着秘密审讯室的痕迹。当年是一定有过血光和哀号的，也一定有过秘密无声的杀害。这里的房屋和树木当然见过，但它们保持着肃然和静默，像是永不说出，又像特别知道。

类似臣仆的恭顺表情渗透在这里的草木和砖石里，形成秩序的氛围、等级的序列。机关就是这样，一点不含糊，连树叶都懂得自己的位置。这也许是一种虚伪的状态，但却连空气中都充满了它的声音。

好在人是盲目的，少年更是盲目的，盲目使人骄傲，骄傲使人充满活力，而生命正是需要用盲目来鼓励的。如果人人都能过早地看到命运，那么这个世界就停止了。

四

一个人在十二三岁的时候会产生出一种什么样的荒唐念头呢？这种荒唐的臆想几乎是永远不可告人的，而且是成年后很容易被忘记的。那个时期,一个少年会莫名其妙、毫无缘由地用幻想的方式关注起自己的身世,他会突然间无端地怀疑自己的父亲是不是生身之父,他会在一段时间里摆脱不掉一个臆念,那就是现存的血缘关系弄错了,他其实还有一个“家世”存在世上。在那个“家世”里,他的父母更不平常,更有一种形态模糊的伟大和高贵,而兄弟姐妹更齐全、更理想……往往在这种超现实的妄念中,他获得快感,设想的情节随意转折,离奇的变化令人沉醉,但是最终,止于对现实父母的难以割舍和痛心的内疚之中。叛父的心理在少年时兀然冒出来,像一只毛茸茸的怪物,闪一下,又闪露一下,仿佛是一面血缘的幻境,贾瑞眼前的风月宝鉴一样,看过去满心欢喜,回过神一腔懊悔。这一类自我臆造的白日梦境,往往会在母亲的形象面前碰壁,对母亲的怜悯是无法抗拒的。

这些昔日的白日梦,都是当年在这条街道上独自行走时做过的;而今重走在这道上,仿佛蓦然忆起,荒诞无稽,令人惊诧。

成长中的生命,正是从根上向宿命发出疑问的,它的挑战直指本质,然而每次都必然失败。

首先是由父母这个最基本的现实,构成了一

个人的命运。

命里的街道追溯上去，就是血缘的街道。

多么熟悉亲切！

多么无从改变！

你好，命运。我独有的，只能占据一次的命运啊，无论迁徙、远行、沉浮、磨难，还是挫折、失败、痛苦和欢欣，你都是我的，和我的生命一样属于我，我爱你。

你要是沉重的，我就扛起你走。

你要是轻快的，我就像骑马那样骑着你走。

唯独没有必要改变的，就是血统。

我是一双普通人的儿子，然而我多么高贵。

五

四十年的岁月在我身上留下了什么？许多重大的、影响了时代的事件，在我身上都变成了滑稽可笑的纪念。越是重大严肃的事物，在少年人眼里就越显得有趣和可亲近。

大炼钢铁对我来说，意味着好玩。整年是一个喜庆热闹的年头，仿佛一年都在过春节，到处都是彻夜的炉火熊熊，火光闪耀，铁水飞溅，砸矿石的声音比除夕的鞭炮声更密集、更繁荣。拉炭的毛驴遍布大院，无人照看。我们的节日来了，几十个少年骑在几十匹驴背上，头戴柳盔、炼钢墨镜，盾牌和刀剑就地取材，“夜战马超”如临其境……我曾在这条街上驰骋，在全民大炼钢铁的时候，我向往的是古代英雄。

四十年的岁月似乎根本没有留下什么，就像一棵树，风啊雨啊，秋啊冬啊，一旦经过，如同没有。树还是那棵树，长大了些，长粗了些，但还是能被人一眼认出来。只是在树的心里，多了一圈一圈的年轮，那是经历。

我也是这样一棵树，站在命里的街道上。

有时候我从这条街上走过去，看到那些路旁的树，用手抚摸一下它们粗糙的皮，就想对它们说些什么。它们不会说话，但它们有年轮，年轮就是记忆。什么话也不要说，好好地活着吧，我在心里这样对它们说。

年轮是应该能够听见的。

六

难道人就没有年轮吗？

人和人不同，每个人的年轮周期也应该是不一样的。人的年轮不是季节，而是命运，每一番命运的大的转折，就是一圈年轮。

在这条街道上走着的时候，我被自己的历史启示，我仿佛从我平淡的岁月、杂乱的脚步中看到了某种规律性的变化，就是说，我认识了自己的年轮。

我的年轮是以十年为一个周期的，“十年一觉扬州梦，赢得青楼薄幸名”。细细想来，这一切都似乎带有某种“事先安排好了”的意味，我不是一个宿命论者，但我对宿命般的规律感到畏惧。

第一个十年，我随父母调动从北京到了新疆。这是人生的一次转折，但本来也没有什么稀奇的。奇在我命相属狗，狗的属相方位是：西北偏西。在北京时住在西北角海淀区，到了新疆就仿佛是找自己的属相方位去了。

第二个十年，“文化大革命”就开始了。整整十年，人谓浩劫，从“红卫兵”搞成了“黑五类”，这个转折是够大了，终生难忘。运交华盖，破帽遮颜,这十年是连本儿也丢光了。

第三个十年,就是“难忘的1976年”,一个新的时期正在旧的结束中孕育。谁说天人没有感应呢?想起那一年,就觉得神秘怪异。

第四个十年,新时期文学的繁荣已近巅峰。1986年3月16日,在我的生日过后第二天,我获得了全国诗集奖,文学的第一个战役打完了。我打得不算好,比我强的人很多,但是,作为一生事业的基础,这是标志。

命运把我发落到最遥远的地方,然后让我往回走,目标恰是起点,北京代表中国。宿命的意味也可以说不是宿命而是一种人类的反观、觉悟、触类旁通,乃至一个人把自身与外界事物联系起来,找到巧妙联结的能力,是一种解释自己的智慧。人是需要这种解释的,不然一个人就会被失败压倒。想一想,一个人一生中能有几次值得提起的成功和胜利呢?其中又有哪一件是在他活着的时候还不褪色的呢?

失败太多了,所以需要把责任推给宿命,这样或许可以轻松点。

七

很多人都知道他们为什么写作，而我不知道。我肯定不是为了生聚了四十载的这条寻常的街道而写作的，我也不是为了故乡、土地、父老乡亲而写作，我有不少时候写到这些，仅仅是因为与这些事物的自然联系。

我认为一个人的写作如果能够非常明确地讲清目的，那无疑是一个浅薄的伪写作者。

花开放了，但是花是为什么开放的呢？是为了让公园更漂亮、游客更愉悦吗？不是。花开是生命本身驱动的，花朵美丽是由于生命本身美丽。不同的生命有不同方向的驱动力，如同自然万物一样——同样的天空和大地，产生出来的却是千姿百态的生命形态。它们不可能从根本上改变自己从漫长发展中所获的遗传特性，就像一只猎豹不可能为了适应环境而改学吃树叶。

真正的写作就是这样，它不为什么，只由于生命的需求。

它是只要活着就顽强怒放的花，也是宁肯饿死也拒绝吃树叶的猎豹。

由于我不是一个写作目的十分明确的人，所

以在文坛所举办的竞技赛上我总慢半拍，始终不得要领，甚至在短跑中败给一些根本没有什么才能的人。其实，我是一个好胜心很强的人，我并不喜欢忍受寂寞，可是让我感到奇怪的是，我承受住了，我在这件事上表现出来的冷静和坚韧令自己吃惊。我相信这是由于一种超理智的力量帮助了我。“我们有某种本领使我们与众不同，成为这个世界的闯入者。”（切斯瓦夫·米沃什）

诗和文学不是竞技，也不是某种能力的比赛，它只是——开花。

一个在这样一条街道上走着的人究竟怎么去和在别的很远的街道上走着的另一个人比胜负呢？他们都在自己命里的街道上走着，这就够了。

八

从二十世纪六十年代中期到现在，我对文学的喜爱已经不知不觉间延续了三十年。我是一个喜新厌旧的人，奇怪的是文学没有让我厌倦，我觉得现在的我和当初一样。

有时遇到一些当年的同道用故作惊诧的口气对我说：“你怎么还在写呀？”

“当然。”我认为这世界上并没有发生什么值得大惊小怪的事情，天没塌地没陷，战争暂时还不会爆发，洪水也没有淹没这条街道，“友邦”为何“惊诧”呢？我明白这是一种卑贱的神态，这种口气在掩饰着真实的坍塌——一个失败者在投降时留下的就是这类神态。

敢于承认失败的人，就已经是勇者了，进而才可能成为智者。只有不知道何为胜败只知道甘心创造的人，才算得上是圣者。

世上最有智识的人物，都是用一个大愚来垫底的，仿佛大地用一个最朴实的底色，供养出各种各样智慧的花朵。

从这条街道的一个平凡的家庭出发，我走到了一些地方，寻访到一些各式各样的街道，每个街道上都有人，和我一样的人。我的眼界还远远算不上开阔，我们接触的领域和人物也远远不是全部，我承认我无法穷尽这个时间和空间。但我相信一些朴素的人类本质，不管人世间怎么变化，这些东西是不会变的。人永远都是人，既不会变成野兽，也不会变成机器。

1994年11月间，我到北京，由于偶然的原因，我乘车驶过了从前生活居住过的地方。车窗外，闪进了三个字，“一亩园”——啊……正是我上小学一年级的那所学校的名字！

我没有要求停车，但我在心里回味着，我的童年之地啊，你已经不再认识我了……故乡和一个人的关系正是这样，大地没有记忆。

那么还说新疆的这条街道干什么？时过境迁，它也不会再记得你。但是人对生活有记忆，生命对土地有感激之心，这也是不可磨灭的。

所以那天晚上我们吃完饭返回的时候，在北京冬夜车流涌动、灯火闪烁的路上，坐在车里，我们产生了唱歌的愿望。每个人都唱了一支最能代表自己的歌，歌声使整个北京变得热泪盈眶、心领神会。

我也唱了。

我用沙哑的莫合烟嗓子唱了，唱得含情脉脉。我唱的是一支不为世人所知的《塔里木河》，是新疆流传的另一支《塔里木河》，现在舞台上演唱的那种《塔里木河》我们是不屑的。

我唱的这支歌里一直反复咏叹着这样的句子：

哎……

亲爱的塔里木河
每当我离开了
你的时候
叫我怎能不忧伤……

阳台小记

住了一座老楼，二十世纪六十年代的。那时候和苏联好，房子也就造得有点苏联风格：墙壁极厚，墙上装有高大的壁柜，柜门上还有些简朴的木雕图案；卧室是红地板，经二十余年磨损而犹不减其舒适之感。虽然只有三室，却有六七个门，门皆铜色，木质稳健，至今开合贴切，不似现今造的房门，随季节寒暑而紧松。门多，就成为某种装饰或故弄玄虚，也可以说是虚荣，使人初进以为有许多房间。凡此种种，我谓之有没落贵族气味，仿佛过去曾住过一位走倒运的苏联少校。

原来这栋老楼没有阳台，后来补修了一个。小阳台，宽不足两米，长不足四米。把原来的窗户剖开，安上了门，于是原先的窗外——麻雀们偶然落脚的地方，我们竟也可以放胆开门跨出去，或乘凉，或吸烟，或扶栏而随便望望了。老楼只有三层，我住最高一层。因为阳台是眼见着工人们补修的，初登就有些不信任，总觉不安全。后来渐渐习惯。再后来，不仅习惯，几乎每逢无聊时，必不由自主上阳台去站站，渐成嗜好。

开春以后，阳台上逐渐添得一些盆花，花并不名贵，盆也都是些土陶木箱之类，粗陋杂乱得很。不料一入夏，不知从什么时候起，忽然竟乱开起花来，彼此竞争似的，各不相让。首先是小叶海棠，京剧里的那些年轻心巧的丫鬟似的，一片嫣红。殷勤，活泼，没有小姐那么多的讲究，由着性子怒放，满盆开红了，仿佛花儿比叶子还要纷繁。花朵确是小些，但是架不住多，此起彼伏，总也不断，就让人打心眼儿里感动。还有一个胶木的方盆里，小女儿说是埋进了三粒花籽。问是什么花，她也不知道。整个弄成了一盆悬念。每天还浇点水，望望那盆土，总不见动静。

十来天后，拱出三茎小芽来，青嫩得很。再过两天去看，其中一茎蔫萎起来，另两株依旧蓬勃。不解，问其故。小女儿终于供认，说她想看看那个芽的根是什么样儿的，太想看，就拔了出来，看过，复又埋好。埋好也不顶用了，只好再拔出来丢掉，然而深诧儿童之好奇心的怪异可爱。后来，剩下的两株慢慢长大，才看出是爬山虎。于是为它架了树枝，等它攀上去。爬山虎蹿得很快，只要浇水，一天一个样子。每天观察它，心里便生出对这种平凡绿色植物的极大钦佩来。你不能不相信它有眼睛和思想，因为它总能准确合适地找到树枝。本来它可能错过了的，但是妙极了，它像个有心计的工匠或熟练的牧马人那样，伸出一缕青丝般柔软灵巧的手来，一下就缠住，即使风吹过来它也不放。

真像一只绿色的大蜘蛛！

因为这样的两株爬山虎，你就得叹服植物的惊人灵性；你就不能不用新奇的眼光去看它，认识它；而你越是仔细地观察它的生长，你就越了解它，你会认为它并不比许多人愚蠢，而是聪明可爱得多。

而那些花，虽普通却盛开得五颜六色，就是美丽和天然。它们不化妆却粉黛朱唇，不用洒法国香水而香气袭人，你依然不能不佩服它们。在这方面，女性们对它们的模仿总也不够成功。

特别是这些花草有一种魅力，就是使你愿意为它们效劳，心甘情愿，仿佛为它们效劳是你自身的一种需要。再懒、再自私的人，都很难克制住每天想看望它们的心，都乐意去为它们松土、浇水。想想，这真是一种了不起的魅力！能够具有这种魅力的人是极少的，能够理解这种魅力的人，也并不是全部。

后来，我注意了一下，才发现周围人家的花都比我的繁茂或艳丽。暗想，以我这样几盆花，都给了我内心如此多的感受和抚慰，何况人家了。花草真是很了不起哩。

我开始喜欢用水冲洗阳台，把它弄干净，坐在小凳上吸烟，给花浇点水。晚上仰读星空，遥思远人。星空虽然从未读懂过，然好读而不求甚解；夜凉如水，树影摇动，望苍空幽冷，觉人生渺小，一般闲言碎语鸡零狗碎也就容易抛开。远人故友虽思之依然远，却比之白天嘈杂中近得多，目虽不能见，一举一动、一言一笑却历历在心，平添许多人生慰藉。

今年气候有异往年，天山北麓雨水增多。夜晚立在阳台上看下雨，是人生之一大享受。尤其喜爱的是浓云暴雨，下彻夜，雷电交加，痛快淋漓！滂沱雨响之外，嘈杂顿失；蓝光炸雷之下，权威尽扫。这时候你觉得久闷在胸中的腌臜之气像被洗净了尘土的树叶一样，被涤荡出去；你听见了天空慷慨雄浑的醉后狂喊，看到伟大的撞击发出雄牛头颅相碰时的巨响，闪电在这撞击下现出狭长而浑然天成的光芒……天才的光芒！

你想起许多已经离开了土地而高聚于天庭的灵魂，那些灵魂在雨夜高空争论、大笑，朗诵思想的片段。你便觉得你可怜的声音在雨中找到了替代，整个天空替你发言，与你合而为一，你大声雄辩，压倒尘世的一切喧嚣。你没想到大地上发生的那么多不痛快的事，只需几分钟，就被天空痛快地扫除干净。

“感谢天空。”你想。

“人应该经常抽出一些时间来，望望天空。”你继续想。

而阳台是多么狭小啊，这唯一的却是可怜的不能迈步的通道，你只能站在这儿遥望、默想，却永远不能走向天堂。

那么，你为什么还老要站在这儿呢？

不知道。

要真正体验生命，

你必须站在生命之上！

为此要学会向高处攀登！

为此要学会——俯视下方！

看来，有人是知道的。我想他的阳台一定比我的大。

1988年7月22日

讨厌猴子

人究竟是不是猴子变过来的？我不知道。不过既然达尔文这么说，只好暂时先将就着这么看。但是我腻歪这个结论。

我并不喜欢猴子，虽然它们聪明、灵活，生存方式和群体结构与人略似，我仍不喜欢。在各种动物中，我以为猴子是最缺乏生命的庄重感的，也最俗气。它既没有虎豹的威猛孤独，也没有狮象的王者风度。狼的顽强战斗精神和流窜匪徒般的不屈不挠；狐狸的灵性和超现实主义的魔幻色彩；甚至鳄鱼的远古遗风，以不变应万变的固执和残忍；羚的美丽轻盈；鹿的头顶所长出的奇枝般的绝妙武器……它都没有。

它不善于攻击，也不能够防卫。

我们可以这样看它：贫困的爬树者。

仿佛，造物主创造并保留了这个物种就是用

来嘲笑和讽喻已经相当伟大的人类的。它们像人，以浑然不自知的形态模仿人、贬低人，且以此进入人的生活，取得人们世俗的喜爱。猴子以它的滑稽可笑造成了一种职业——“耍猴儿的”。它代替那个人翻跟头、作揖、穿可笑的戏装、骑着山羊挥刀弄棍，而那个人指挥它，训练它，替它吹牛、乞讨，是它的代言人。人和猴子的合作比人和人的合作更具幽默感，更容易讨得众多围观者低下的趣味，因为人们从猴子的表演中看到了一种既像自己又明摆着比自己低下的生存状态，获得了在嘲笑中肯定自我的心理满足。

吴承恩用他的一支笔，为猴子创造了超凡入圣的辉煌。他把猴子的习性做了一番改造和升华，使“捣乱”变成了孙悟空的叛逆性格，因而称美猴王闹天宫反玉帝时期的孙悟空颇有英雄个性，活像个造反的农民起义领袖，惹人喜欢。但是自从跟上了唐僧，戴了金箍，便又成了一个“耍猴儿的”身边的可怜角色了。除了戏弄一下猪八戒，便是棒杀一路上那些和他从前一样的起义领袖，动辄大呼别人是“妖怪”，其实，他自己不也正是个“妖怪”么……

在索溪峪有一景，就是看猴。

那峪中一小块场地上，有几个大铁笼子，笼中有数猴。其余数百只猴皆匿于附近山林，有养猴者一家居于此，唤之即归。养猴者过去靠在湘西捕猴为业数代矣；今养猴，善发悠长怪声，猴似懂其语，闻之纷纷坠树钻山出洞而来。

去时恰黄昏，猴群归山，只有数猴在笼。

笼中猴有一只首领，彪形略显肥壮，行坐皆有一些派头。隔笼投糖逗之，并不欢蹦乱跳，而是稳重、有城府。先以怀疑轻蔑之眼珠望望，考虑一二，才稳步走来。拿起糖来并不急忙塞入口中，而是走得稍远些，背人而食，不给你看见吃相。

还有一猴，有怪癖，专好吃一种草叶。隔笼递之，急吞下口。倘若以别种草叶喂之，甚怒，以为欺其不辨植物学分类矣；出手极快，隔笼便将喂草人额头击之，莫不能中。

笼中还有一母猴，形若老妪，怀揣一小猴。养猴者告曰，母猴已眼瞎。细观之，果然老目瞑瞑若瞎状，行动不便。那小猴约尺把长短，面目清秀，极似非洲贫民窟中之难民饥孩，瘦极，两睛明亮而大，只是恐怕难以长大成猴。观此母子，实觉悲惨，直觉得像是旧社会黄泛区灾民流落街头的卖子图。何况那母猴衰老不堪,产下小猴,也不符合优生优育之原则。不过,猴之不灭,也正在此,无论在何种艰难困苦肮脏恶心的条件下,总肯拖泥带水生儿育女。结果呢,一代比一代劣,一代比一代刁猾,一代比一代缺乏生命的庄重感。

就永远也没法变成人了。

倒不如那些珍禽异兽,永远热爱自然,永不肯成为人类手中的玩物和小丑,纵使几千几万年来横遭捕杀,犹不肯归顺,终于迫使人类在其濒临灭绝的时候,认识到它们的至珍至美,认识到它们生命的庄严。

我讨厌猴子,也许恰在于它太像人。

1988年6月27日

追赶自己的鞋子

“我是谁?”

“我在干什么?”

“我的一生出现在这个世界上究竟有什么意义和必要?”

“我因何而来,又为何而去?”

“我会不会只是一个浪费粮食的动物?”

…………

这一类的问题是如此之多,设若穷追不舍地自问下去,至少在数量上可以达到《天问》的水平。在任何一个时代,人类对客观世界和内在心灵的疑问都是同样地多,不会因为科技的进步而稍减。

人在本质上是多疑的。只不过是,多数人在关注切近的生存利益之下已精疲力竭,没有余力再来关注这种终极而空洞的问题了。

在“时间就是金钱”的节奏声中，人们忘记了更重要的——时间就是生命。因为生命需要金钱，结果金钱重于生命。因为金钱重于生命，所以有了为了金钱而不惜损害乃至丧失生命的人。人为财死，鸟为食亡，此乃千古至理。不同时代的崇尚为此蒙上不同的价值取向。“生命诚可贵，爱情价更高；若为自由故，两者皆可抛。”这是为自由而不要命的。生命既抛，自由已无意义；抛己之生命而为大众取自由，是谓崇高伟大。

但是为了自由而不要命的，在今天已经不时髦了。今天兴的是为了钱不要命，可谓：生命即时间，时间即金钱；要钱不要命，要命不值钱。

毫无疑问，这是时代的一种不大不小的“进步”。

因为命是未经过自己的任何努力就有了的，所以体现不了价值。在一个生命诞生之前，它既没有愿望，也没有奋斗，得来全不费功夫。以此为资本，开始了人聚敛财富的一生，这是真的“无本生意”。

生命是别人给的，金钱是自己挣的。别人给的东西视为必然、应该，自然不会在意；自己挣的东西倍觉来之不易，所以格外珍惜。人是以个体为本位的，这很明显。因此，对于人生来说，一场追赶自己鞋子的运动由此开始。

人在不断地追赶自己脚上穿的鞋子，却永远也追不上。因为鞋子总是要比脚大一点，脚在鞋中追赶鞋，鞋随脚动，鞋总在前面。诚如一个人追逐自己的影子，影随人动，只要日光在后面，影子是追不到的。

永远追不上，永远又在追，直到脚的运动停止，鞋被脱下来，扔在一边。

因为脚而产生了鞋，因为鞋的重要性而使脚忘了自己，最终为了鞋子而丧失了自己，这也是一种“忘我”。

应该珍惜的本来是脚，脚代表生命，但人之所以与兽区别，在于唯有人的脚需要鞋子，鞋代表文明。人的脚被各式各样的鞋弄得越来越娇嫩了，不再能光着脚在石砾、刺丛之上任意奔跑了。脚被鞋保护，也被鞋捂酸捂臭。脚再也离不开鞋，鞋成了脚的一个组成部分。

对脚这个生命来说，鞋不仅仅是金钱，还是整个的人类文明。各式各样的鞋就是各式各样的文明，资产阶级原始资本积累时期的拜金主义和野蛮掠夺啦，欧洲早期的空想社会主义啦，《资本论》

的诞生和《共产党宣言》的出世啦，各个时代的文明，都是人类脚上的鞋。

一部人类文明史，就是由各种各样的鞋组成的历史。

鞋像船一样，停泊于黑夜，启碇于白日，鞋的愿望不仅是保护脚，而且还要运载、超度脚；而脚成了鞋的顾客，它不仅把自己交给鞋，而且还因崇拜而追赶鞋。

追赶自己鞋子的运动是很迫切的，像马拉松长跑一样，人人争先恐后，个个舍命相拼，没有人甘愿退下来坐在路边的草地上，去平静地欣赏周围优美的风景。

谁敢说鞋不是一个上了发条的机器或附了咒语的魔物？谁知道鞋的魔法将把脚引向何处？

有一个童话极有深意，讲的就是那双有名的“红舞鞋”。鞋的魔力和对于鞋的象征隐喻，在这里得到了彻悟——谁穿上它，谁就疯狂地跳起来，旋转啊，舞啊，精疲力竭却又欲罢不能，直到跳得累死为止。

红舞鞋是美丽的，令所有的人向往。

红舞鞋同时又是可怕的，置脚（生命）于死地。

鞋大于脚，正如一个时期的文明大于人。人

正是这样受到文明的保护、制约、驱动的。人正是这样追赶自己的鞋子的，同样欲罢不能，难以超越其局限。

有一个名叫凡·高的红头发的荷兰人，妄图摆脱他那个时代的鞋，他放弃了追赶那双鞋的权利，赤足去寻找真正的生命状态。他死在寻找生命的路上，非常孤独、痛苦。

他死后，变成了一双鞋。

他放弃了鞋而最终变成了鞋。

巨匠啊——巨大的鞋匠啊！对那些创建文明业绩的人，人们是用感激鞋匠的态度来对待的。

莎士比亚是不是英国人的一位大鞋匠呢？看样子是。

孔夫子是不是中国人精神上总也脱不掉的那双鞋的制造者呢？当然是了。

鞋是多么厉害！

鞋匠是多么伟大！

在这样伟大的鞋匠制造的各种必不可少的鞋里，啊，我们的生命怎么可能是天足而不是“小脚”呢？我们的可怜的小脚又怎么可能不去盲目地追逐这些“自己的鞋子”呢？

生命啊，鞋啊，两难的生存啊。

“反文化”？无非是脚准备抛弃一双旧鞋的时候。“新文明”？也不过就是大批量的新式鞋子上市的时候。鞋和脚相依为命不可分离，脚和鞋如影相随亦步亦趋。

所以，每天早晨人类醒来之后，要做的第一件事，就是：穿上自己的鞋子，然后无休止地追赶它！

人类的包装是越来越精致了，但是人类自身是不是也随之而精致了呢？“在人愈来愈变得萎缩、愈来愈物化为非人的噩梦时代”，鞋子捂得又臭又酸的脚味儿，被香波遮掩，然后创造出一种比脚臭更恶心的味道——现代味儿和后现代味儿。对于这个世界来说，小脚是不可避免的。

脚这个生来的劳动者、行动者，这个天生的农夫、猎人、好奇的探寻者，它正无可救药地堕落为老爷和皇上。它沉睡在鞋里和更大的鞋——汽车里，行动者让别人代替它行动，心甘情愿的思想的执行者反过来指挥思想。脚对自身使命的背叛开始了——忠实于鞋而不再忠实于思想。

结果是，思想失业了。

一个有思想的人在今天就像一个光着脚在大街上走路的怪物。

如此这般，还说那些什么“我是谁”干什么？

我是一只脚。还问“我在干什么”干什么？我在追赶自己的鞋子。我为鞋而来，为鞋而去，我没什么必要和意义，我的必要和意义就是证明鞋的存在。

至于我是不是浪费了粮食，管它呢！

假如沦为一种动物了，那没准儿恰恰是幸福生活的开始，你千万不要担心。

在追赶自己鞋子的一生中，其乐无穷！

男人的手

它也是一条动辄朝天仰卧，向我们露出肚皮的母犬：伸出手，露出手心。

或取，或予，这只手。

——弗朗西斯·蓬热

一

舞厅是灯光设备最复杂也最豪华的场所，然而，这一切的目的都是为了达到幽暗。舞厅并不拒绝表面看起来落伍的东西，虽然它是一个时髦的地方，但它仍然把摇曳的烛光放在了最中心的位置。

情调就这么产生了。

“情调”这两个字倒换个位置就立即变成了“调情”，看来调情和情调有某种特殊的、默契的联系。

二

陪舞的女孩子们陆续地走进来，宛如一些麋鹿走进了靠近猎场的稀疏林地。她们像鹿那样安静，那样微妙地警觉着，好像她们靠嗅觉在判断周围有没有危险的空气。

有一点生疏，是的，开始也有一点不自在。

但是这种局面是很快可以消除的，这件事的本质要求这样，平时需要很长时间才能打破的僵局，在这里可以省略许多过程。

它主要是省略了那些扭扭捏捏的感情因素。

“爱情”这个字眼是非常多余的东西，它听起来过于书卷气，它很不合时宜，它让人讨厌。

它完全像是一些猎鹿人的伪装。

谁再无缘无故地说这种坏话，就应该枪毙他。

三

丽丽陪我跳了好几圈舞了，我们似乎已经很熟了。我给她打开一罐饮料，她说“谢谢”。我问她抽烟吗,她说“可以”。

“你多大了? 有十九岁吗?”

她笑起来:“哪里,我二十多岁了!”

我说:“我给你一个谜语猜猜看怎么样? 谜语是我编的。你说这世界上什么东西最不老实?”

“眼睛。”丽丽说。

我摇了摇头,心想她还是聪明的。

“那是什么?”她问我。

我说:“是男人的手。”

她听了大笑起来。笑完,她对我说:“你看起来像一个教授,看起来有教养,有学问,我觉得你有些怜香惜玉呢。”

这回轮到我大笑了,“怜香惜玉”这个词从她口中说出来,显得实在惹人发笑。这似乎应该是李清照说的话么,而我从没有把自己想象成柳永的思想准备。

她说:“你看你的手——”

我说:“怎么了?”

“你的手那么修长,那么白净。”

“惭愧。”我说道,“不过它仍然是男人的手。”

四

在幽暗中，在烛光的闪动下，我注意到男人们的手，手的表情异常丰富，极有隐蔽性和感染力。

在舞厅里，人的面目是模糊不清的，但是手的表情却被突显出来，手像它的主人一样充满了个性和欲望。

手像一只猎豹，隐蔽着，移动着，有时不得不停下来，伏在地面，它仿佛在思考，在犹疑，甚至你能从它身上看到两种思想在争夺它，它欲进却退，迟疑不决。

手没有眼睛，但是它始终清楚该向哪里去。它移动的方位始终不会错。尽管它有时停泊在对方的腰部，但它的眼睛（假如有的话）一直在盯着另外一些隆起的部位。

它像一只洞穴里正被烟火煽燎着的野兔，急于想蹿出去，但又怕被人捉住。

五

五根有着灵活骨节的手指，联结在微微沁出

汗液的手掌上，像五个连体的士兵，组成了一个互相依托的班进攻队形。

他们的任务是靠近并占领那两座无名高地——高地奇峰耸峙，遥相呼应。高地有一种守护者的凛然和骄傲，它的拒斥愈发增强了它的诱惑。

然而接近这两座高地的过程是异常艰难的。

大多数情况下，接近的企图是注定要受挫的。

平阔明朗的地带很难越过。在高地上空的两道探照灯的灯光，会无情地把这五个士兵暴露在尴尬地带，遭受谴责的枪弹扫射。

但是那五个士兵一般是顽强的，只要没有彻底阵亡，他们总会匍匐前进，迂回，绕行，试探，佯攻，接受暗示和怂恿，靠近山峰底座，然后一举跃上峰顶，将胜利的一团颤巍巍地攥在掌中。

你可以指责这些兵不择手段，但你不能不承认他们富于战斗经验。因为所有的兵都是为攻占高地而生的，所有的兵，都渴望高地。

六

我的手拢着丽丽的腰，仿佛拢着的不是腰而

是一枚圆实、丰腴的萝卜。丽丽的腰部太细腻了。相比之下，她的乳峰隆起处就显得令人难以置信，它们耸立得太典型化了，一派招摇俊俏的风范，就像是假的。

我在跳舞，我力图把自己塑造成一个君子，为了不负伊望，我还努力使自己成为君子中的教授。

但我脑子里一直摆脱不掉一个问题，就是：究竟那两座乳房是真的还是假的？在这么细的腰肢上是否真能长出这么丰满坚挺的两枚硕果？这是不是不大符合科学的一般规律？我还想到，如果是假的，那么她应该为自己的欺骗行径惭愧（现在的伪劣产品太多了）；如果是真的，那我就算不识货了。我这样想的时候，那五个士兵可能有些盲目地移动。

"你可是我遇到的第一位有教养的人呵。"丽丽提醒道。

我万般无奈，只好以诚相见。我说，我没有别的意思，我……只是想弄清它们俩，究竟是真的还是假的。

"真的。"她说。

于是我放心了。

七

“硬不承认这种事实，不过是惧怕自己的本能和我们天性中的邪魔成分，想要掩盖内心的恐惧罢了。”（茨威格）

其实没有什么可耻的。

手没有思想，只有欲求和感情。

如果把手看作一个单独的生命，那么它的本质非常明显：它从婴儿时期就表现出乞讨般的本能，乳房对它是食物的暗示。之后，手长大了，变得骨节分明，强壮有力，乳房对它是性的暗示。这两者对一个生命来说，都至关重要，死了的手不再会乞求和抚摩。

当然，手还有残暴的一面，它像蟹钳一样顽固无情，它还会争夺。

手是一种积极的生命，它总在迅速地移动，灵敏地探求，它一刻也不肯安分，手可以看作人的触须。只有当一个人熟睡的时候，手垂落下来，像夜晚的花瓣那样温柔无力。

手还是一个人全部遭际和命运的缩写和概图，它是人的一部奥义书。

把手摊开，男左女右——那么你去读吧，用你一生的知识未必能够诠释清楚。掌心上的纹路像三条伟大的河流划过大地，每一条河流都代表一个谜一般的深意。

纹脉交错、汇合、分开……大脉明了，细纹纵横。每一条都是一个故事，每一道都是一段起伏，谁也不能猜透它的全部含义——这是每一个人的《史记》。

预言、警示、隐喻、定数……把手掌微微收缩起来，三条纹脉凝聚成一个汉字：人。

八

男人的手正是这样，代表着自身关怀着别人。当它遭到拒绝时，通常它总是摊开两手，露出掌心——大概它只是下意识地这么做，但其实它正在给你看他的命运，它这么做正是希望你能了解他。

呵，但愿这凶猛的野兽永远不要拱起它的脊背来——那是它尚未驯化的部分即将呈现的时候！

我们总是会被某种昏暗的原始力量所蒙蔽，

它像浓重的雨云遮蔽并压抑我们，手的触须四处寻找，妄图解救自己。

除了自己的衣袋，手找不到可以永久停留的地方……

1995年3月27日写完于深夜

冬天的好处

从旧年的十一月算起，到新年的四月，这整整半年的西部的冬天，是一个名副其实的大冬天。

大冬天占去了我们生命的将近一半，它把其他三个季节挤在一起，然后平分天下，形成了我们这里独有的季节上的昼夜式格局。

我们和冬天的关系就是这样一种关系，像是喜欢熬夜的人和夜晚的关系，也像是喜欢幻想的人和空间的关系。这往往是别的地方的人所难以觉察的。

谁能觉察出西部的人们那种对漫长冬季安之若素、处之泰然的默契神合呢？谁又能发觉他们每到春天时表现出的懵懵懂懂、竭力适应的表情呢？这的确是极不容易觉察的，虽然这就写在他们脸上、眼神里，可是连他们自己也不明白，他们天性中的许多东西，正是这个大冬天赋予的。

如果说把春天当作听音乐会，把夏天当作看一场大足球赛，把秋天当作观赏五彩缤纷的京剧连台好戏，那么冬天，是我们平稳而又有滋有味的日常生活。有的人可怜我们，认为我们非常不幸，是一些被发配在严寒地域的人，像企鹅一样。这不怪他们，因为他们不了解冬天，这不是一个用理论能解释的问题。

我们对冬天是这么看的，它正如日常生活那样：既让人恨，又让人爱；既让人厌烦，又让人喜欢；既显得过于漫长，又让人在炎热的夏天想到它的诸多好处，无限怀恋。

比如去年夏天把我热得终日半裸，上身不着片丝，难挨之下，望着阳光下白晃晃的窗玻璃，祈愿道："现在下一场大雪该有多好！"

这说明什么呢？这说明我们想念雪了，也说明雪同样是人的生活中不可缺少的，它是我们在冬天的朋友，也是冬天——这个看起来似乎比较空洞的事物的内容。我们对它的思念往往从夏天开始，好像一个约会，也好像是一个不需要邀请但到了时候一定会忽然从远方光临的流浪汉朋友，它真够意思，它从来没有失约过。

而且往往是它一来，世界就改变了。

谁也不会无动于衷，谁也只能因为惊喜而感叹唏嘘，但说不清为什么快乐或忧伤。第一场大雪的造访，强有力地感染着人们，改变着生活。往往，凝视着窗外昏灰天空中纷飞旋舞的雪花，心里会感动、会喜悦，继而产生无名的忧伤。雪花像是活的、有生命的东西一样，忽上忽下，忽左忽右，甚至在窗玻璃外面飘飘摇摇，像招手也像微笑，像婴儿天真的手也像仙女摇曳的裙裾。这时候你会在心里对它说："你跑到哪儿去了？这么长的时间里你到什么地方浪去了？"

它什么也不说，就只是一个劲儿地飞翔、旋转、跳舞，像芭蕾舞的精灵伴着《梁祝》"化蝶"一场的音乐剧。从天空到大地这一段距离，就是它的舞台，就是它的艺术生命，然后跳累了，它落在地上，静静地睡，它自己就是自己的被子。

特别是在那样一种冬夜，整个空间呈现着深层海底世界的昏灰和幽蓝。雪已经很厚了，但还在不停地下着，茶黄的路灯光晕收敛，像一束谦虚地望着脚面的眼神。灯光下，纷纷攘攘的大片雪花、雪团，像活跃在灯光里的飞蛾一样，扑扇着，争抢着翻飞，并且碰落着一些白粉。厚茸茸的雪地反射出一层蓝光，和各种颜色的灯光交汇在一起，又与天空中透出的灰蓝夜光辉映交融，构成一种类似太空的夜感，在冬夜的厚雪上缓缓行走，仿佛是一个登月人。

有时候一场大雪之后，恰恰是一个晴丽的早晨。太阳像一个走错了门的愣头小子，完全是一副夏天的打扮，短裤、背心，满面通红。这一轮太阳一掉进这个冬天的早晨，就形成鲜明强烈的对照，所有的雪都反对它，反射它的光，拒绝这个普照天下的泛爱主义者。从天上输送下来的阳光和被雪地反射回去的光芒，在半空中相碰，光芒四溅，乱人眼目——使人仿佛处在一场光的战争之中，不知该顺从哪一方才好。

不过我还是认为最能引为平生快事的冬景，一是雪原骋马，二是冰城行车。这两件事尽管风光不同，但同样是快事。河谷之地，雪晴之时，呼朋引类，长枪快马，或以打猎为名，或以婚礼为由，携美酒，挂羔羊，飞奔十里，笑语喧哗，然后驻足高坡，纵目骋怀。但见天地一色，山河净美，白茸茸世界，厚墩墩乾坤，众人歌啸徐行，突一人大吼："祖国，我爱你！"然而夜至冰城，灯火交映，长街冰河平彻，高厦雪岭星光，万车争流，尾灯明灭，笙歌归院落。灯火下楼台，繁华大陆桥，边陲不夜城。

当此时也，置身车内，恍然如梦，真不敢信眼前即四十年前十字小城！慨今思昔，不胜沧桑，忽忆起有南方人好奇之问“乌鲁木齐街上有狼吗？”，独自爽然大笑不止。

自然之美，人工之美，都很美啊，何以非得扬此抑彼，贬低一个呢？天地造化，神工鬼斧，是我们都热爱、都珍惜的，无须以咒骂城市来显示自己更亲近自然。热爱着生活的人们啊，让我们更理解、更能品味也更会享受生活吧！不要身在尘世，却口喊着出家，身在都市却叫嚷着归隐山林，不准备实行的事不要说，因为那是很虚伪的。

同样，如果你连冬天都有力量热爱，那么世上还有什么让你爱不起来的呢？椰风蕉雨，白沙碧浪，十里花街，百里梧桐，杨柳岸晓风残月，三秋桂子飘香，仲夏蝉声如梦……这些还用说吗？

冬天是一种存在，冬天是一种生活，没准儿它的如期而至正是应了我们体内循环的需求呢。正如一个女士的文章里所说的：“望着洁白的天雪一色，内心陡然平静了，平静得仿佛触到了长久平安的边缘。”(《新疆经济报》1996年1月3日副刊：张红《大雪小雪又一年》)

不拒绝冬天就是不拒绝生活，理解冬天也是

理解生活，而且，难道逃避了冬天的人是幸福的么？

鱼儿离不开水，人也离不开土地和冬天，冬天给我们留下的回忆往往比春夏秋更明晰、更深刻、更难忘。冬天的好处对一个人的一生来说，就像是父亲的影响那样，不知不觉但是渗入骨髓。因而，冬天的好处、妙处、深远感人处是随手可以列举出来的，一事，一物，一景，均对人的生存有着潜移默化的影响——我不妨从印象中顺手摘列几条景状如次，愿能与诸君共赏：

其一，转场途中，雪野寥廓。大队牛羊骆驼已渐行渐远，独有一马，离群孤立于山坳下。雪深没膝，旷野无边，那马啃一啃雪，抬起头颈，不知已被遗落，也不知该向何方，东望西望路迷，跑沙跑雪长嘶。

大大的天地，小小的马匹，对比在那里，周围全是厚厚的雪。

转场的人马已经远得看不见了。

其二，半岁婴儿，口不能言，适逢天降瑞雪，抱之户外，令仰视之。婴儿双睛珠圆玉润，如生命之泽，深邃不可测；忽有大朵雪花落于睫毛上，颤颤然如蝶栖花蕊。婴儿大惊异，双目圆睁，良久不动。其天人初遇之状，令人难忘。

其三，托友人弄两张库车灰羔皮，说过忘了，几年后友人果真捎来；又托一友请维吾尔族老帽匠制帽，拖数载，果然制成。此帽成后乃盼冬天，冬天至时乃盼寒天，大雪之际，戴帽出行，羔毛翻卷，色呈灰白，落雪不沾，晴日却仿佛帽上落了雪花。人有“晚来天欲雪”“大雪满弓刀”之意味。皮帽名不虚传，不冷至零下十几度不能戴，戴则汗出。

其四，大雪天包饺子极有滋味，可以神遨万里，遥通古人。雪幕垂塞之下，心无旁骛，思无干扰，包出的饺子也格外好吃。

其五，扫雪为人生一大乐事。一长帚，一方锹，堆绒扫玉，不起尘埃，直将天宫神匠屑，扫作人间白玉山。可以舒筋骨、活血液，于人有益，于己更有益，强似专为锻炼身体多矣！

其六，大雪天有友朋来，极有情致。肯于冒雪而来，其情必真；能于雪中迎客，吾心则喜。烟暖斗室，茶舒肺腑，坐而谈无事之事，笑而论无书之书；兴尽人去，新雪地上留下一串旧交足印，深深胖胖，低回不尽。

其七，看人冬泳，浑身陡起鸡皮疙瘩，转念一想自己还在陆上，肥厚呆立如企鹅，于是倍觉温暖。

其八，在大街上看人滑倒，正在失笑，不料自家脚下一滑，摔了个仰绊子朝天，别人没笑反伸过手来搀扶。

其九，小孩打雪仗，堆雪人，兴致盎然，不知人间寒冷。望之令人感动，忽然忆及童年并鲁迅先生“像紫芽姜一般的小手”之句。

其十，“山舞银蛇，原驰蜡象”是冬日常景，“红装素裹，分外妖娆”是近在眼前，于是吟起《沁园春·雪》词句，伟人胸襟，催人振奋。

便想起毛泽东生前喜爱雪。

梅花欢喜漫天雪，
冻死苍蝇未足奇。

1996年1月8日写于新疆

脚 印

一

见过脚印吗？

——当然见过，各种各样的。脚印是人类行走时留下的痕迹，是人脚的复印件。人的脚掌，是那样地具有共同性，又是那样地千差万别，就像船都是船，但是每条船都和别的船不一样。

二

见过难忘的脚印吗？

——应该算见过，各种各样的。有一种农民式的脚，宽度和长度几乎差不多，踩在泥地上，像一枚方印章，沉稳但是笨拙。还有一种足弓很深的脚印，那是跳高运动员的脚印，瘦长有力，前掌和后跟之间，像两个岛屿之间的一段弯曲的海岸线似的，连接着一条边缘线。最可爱的脚印是婴儿的，那是五粒圆圆的花生米，排列在一只小鸡的身后。

告诉你一个秘密：漂亮的脸和秀丽的足之间并没有必然的关系。芭蕾舞演员都轻盈得像仙女是吧？但是她们的脚，和老太婆的脚差不多。

三

见过令人恐怖的脚印吗？

——见过一次，只见过一次，而且不愿意再见到了。那是一双什么样的脚啊，还没有见到那双脚，只见到那双脚留下的印迹就已经使我的心疼痛战栗了！毫不过分地说，那是一双走进过地狱的脚……它的印迹像烙铁——黑而烫人的那种烙铁，看上一次就会永久地烙在一个人的良心上，永难磨灭遗忘。

那脚印本身并不恐怖，但它告诉我们的却是一个恐怖的故事，它是那个故事留下的结果。

四

说来也是二十多年前的事了。那是在天山南麓的一条名叫乌斯坦布依的古老街巷上。那是一座用泥土垒筑起来的小城,干燥的气候使它奇迹般地保存下来。

这个地方出产的煤非常古怪,全是细末,必须用碱土和盐搅拌,然后打成煤砖才能使用。这是一种无烟煤,极难点燃,但燃着之后火力极强,且燃烧时间长,稍不小心可将锅底烧漏。

打煤砖的事非常麻烦,而且碱土、盐、煤三者的比例颇有讲究,所以必须请当地人来干。他要把这一吨煤末加上三分之一以上的碱土,拌上土盐,用水泡透搅匀,然后打成煤砖,晾干收齐。这件繁重的劳动当时只需两元钱雇工费。

五

帮我家打煤砖的是一个维吾尔族人,比老头儿小一点,比中年老一点。我第一次看到他的时候,他正挽起裤腿在拌水的煤泥堆里,用脚踩匀。

他不说话,脸上也没有什么表情,浓的眉和发黄的胡须之间，眼光低垂。他只是专心地干他的活，没说过话。如果你要对他表示些什么，他只用点头或摇头表达。

他完全不像常见的维吾尔族人那样活泼开朗，而且他也不强壮。他腿瘦而多毛，胸膛干瘪，衣衫褴褛。他是那种一眼看过去就感觉得到在全身写满不幸的人。

他不唱歌。

我觉得他干活的气氛太过于压抑了，他不像在劳动，而像在服苦役。为了让他稍感轻松一点，我低声哼起了一支那个地方的人都熟悉的维吾尔族民歌。歌词极美，“爱情是什么？两个青年的春天！”。

但是他目光冷冷地望了我一下，复又低垂下去。

六

等我中午睡完午觉起来，走出房门一看，大吃一惊。

脚印！脚印！脚印！

院里的青砖地上，印满了来回两趟路线的脚

印，脚印杂乱，重重叠叠。所有的煤砖都打好了，晾在地上，而他已经离开了。

脚印是黑的。

脚印上没有五趾。

这是两只什么样的脚啊？为什么？他的脚上——那十个血肉相连的小岛屿，到哪儿去了？没有五趾的脚还算什么脚呢？连鸟都有趾，连兽都有爪，他为什么成了这样？是谁把他弄成了这样？

他是怎样蹒跚着离开的呀……

苦难是如此触目惊心！

七

我连他的名字都没有问过。

但是我记得他的脚印。后来，我听人讲起一个人的脚的故事，真实的故事，事情就发生在这个城边的一个村落里：一个维吾尔族小伙子给一个巴依（富人）当雇工，但是他爱上了巴依家的一个养女，姑娘也爱他。这两个青年人一次次地逃跑，又一次次被捉回来，最后一次，巴依说，你不是要跑吗？我可以让你不会跑！巴依让人把他绑起来,用铡刀铡掉了他的十个脚趾,然后把姑娘卖到了很远很远的墨玉县。“现在你自由了,”巴依笑着对他说,“跑吧!”

他不再会跑了。

但是他在世界上留下许多这样的脚印。沙漠上,村落外的水渠边,城镇,街巷里,他再没有穿过鞋,赤着脚走了很多地方留下自己的脚印。

他还活着。

即便有一天他死了,他的脚印……还会活下去!那双没有脚趾的黑脚印会一直重重叠叠地诉说——看吧,曾经,人是怎么对待人的!

1995年9月5日匆匆写就

吃昙花

郭上尉到北京解放军艺术学院去读文学系，行前把他的一盆昙花抱来，放在我家代养。

一个精致的陶盆，上面覆盖着一片宛若肥绿的大海带那样的长叶，舒展厚嫩，略微卷曲。看起来，不像是会开花。

天气渐渐凉了的时候，叶脉间斜岔出一股力，仿佛血管，顶出一星花茎在叶片的交缝处，然后越长越大，花茎紫红，上面有细茸毛，俨然一副生殖的欲望。

你只要仔细地观察，就完全可以看出花朵作为植物的性器是再正确不过的。所以花很美，花朵很艳丽，原因是植物的繁殖欲望正强烈地燃烧着，越是大的花朵，就越显得性感。

甚至可以这么说，越是鲜艳的花朵，就越是显示出“淫荡”。

这一点和人是完全一致的，越是美丽漂亮的人儿，就越是证明着她本身对性的欲念和要求。

美是什么呢？美是性欲的力量所造成的。因而青春最美，青春是生命欲望最活跃的阶段。

何必要把美“美化”呢？美对花朵催动的力量正是人们一贯视为邪恶的性。这个真理是植物告知我们的，植物目前还没有学会掩饰。

昙花在夜间开放，花朵大，色洁白，花蕊射出一丛，如焰火。也许是避人，也许是因为昙花已经进化得懂了伦理道德，总之是一现而谢，并不久等。

谢了的花朵，明显是疲软了。

妻说，有人讲昙花做进汤里，味道很好。好，那就吃了它吧。

试着一做，其味果然不同寻常，有莼菜之滑脆，兼金针黄花之清香。一边吃，一边心里想着，这可是昙花的生殖器啊！

第四辑

器官透视（散文）

谈友谊

你终于不得不承认，在走过相当长的一段人生岁月后，你才开始对人们习以为常的某些公认了含义的字眼有了怀疑。

特别是那些美好的字眼，由于它们对于人生的重要支撑作用，你就对它们格外虔诚、信赖。当然，那时候你一定还比较幼稚。

我印象很深的一件事就是，“文化大革命”时，我的父亲很需要帮助却很孤立的时候，我埋怨他而且无法理解：“您为什么革命这么多年竟然没有一个朋友？”

“朋友？”父亲大概觉得我的问题很可笑，“我年轻时交的朋友比你现在交的朋友多得多，还都是金兰换帖的呢。唉，你懂得什么叫朋友……”我的父亲不是哲学家，但他那时用他极其成年人的眼神、表情、语气，给了我一个疑问，一个有关人生的哲学式的问题。后来，我用眼见的和身验的两种办法，感受并思考它。我得承认，没有阅历很难对它作出自己的判断。

你肯定早就已经发现，小孩对友谊的需求是十分迫切的，同时他们对反目的愈合能力也强。那是因为他们的独立性和自我意识还没建立起来，仅仅是个很嫩的芽。

早熟的青年人喜欢独自沉思默想，但一般青年人则容易呼朋引类、结伴成群。他们在这种过程中求得自己在人群中的位置，并且进入陌生的家庭了解社会，在进入社会之前进行演习。

中年以后，人们嘴里就不大轻易使用"友谊"这个字眼了，因为他们发现能够配得上用这个字眼的人际关系寥寥无几，甚至几乎没有。他们中的某些人虽然到处都是"朋友"，其实却是一个朋友也没有，因为到处都是利益。如果说他们一个朋友也没有也不对，利益是他们唯一而永久的朋友。

人就是这样交上朋友的。

他们把内心深处的那位真正的朋友隐藏起来，却把达到这位朋友的各种途径称为"朋友"。他们拍着那些途径的肩膀说"哥们儿！"，久而久之,连他们自己也以为那些途径真是他们的朋友了。

但是,他们至死也不会忘了那位唯一的朋友,这你绝不要怀疑。只有在和这位朋友的友谊遭到挫折或彻底完蛋的时候,他们才会感到痛苦,觉得这世界是那么不可靠。他们会想:这人世间果真有“友谊”么?如果有,那么它到底是什么?

应该揭开这个高尚字眼的迷人盖头,看一看藏在里面的那张脸。假如利益是一具骷髅的话,就显得十分可怕,所以绝大多数人宁愿相信里面是一副花容月貌,不去揭开它。就这样想象它挺好,一直到死。只有少数人总喜欢翻底牌。

友谊的确是每个人的生存利益的需要,不同的是,不同的人所看重的利益不一样。小人也好,君子也好,并没有为友谊而交朋友的。个人如此,国家也不例外,看看我们那些“友谊万古长青”的国际朋友反目得有多快就知道了,再看看我们和“野心狼”握手言欢得多么不计前嫌就更容易理解了。除了利益,没有任何东西可以如此有力地迅速扭转人们海誓山盟的感情。

感情是动人的,但它却这么脆弱。

没有人在友谊这件事上不曾遭受过痛苦,除

非他没活过；可是也没有人真实地告诉过我友谊最本质的含义，包括一些伟大的哲人。

我不得不想这件事，用我并不巨大宏伟的小脑袋去思考它，从大量平庸的、琐碎的、枝蔓交错的那些“友谊”留下的尘埃和垃圾中，去认识它。

首先，人是利己的，一切生命本质上都是利己的。不管自然多么丰富，社会多么庞大严谨，每一个人或生命，都必然是以自我为中心。对个体来说，一旦它失去了感知，客观世界也就不存在了。尽管由于社会和自然规律的压迫，个体生命必须作出相应的屈从，但这种屈从或表面显出的对个体的否定，也是利己的——为了自己的生存作出的必要让步。“人不为己，天诛地灭”这句屡遭批判的老话，其实显示了我们洞彻自己的智慧。

人既然是利己的，友谊的本质是什么就用不着再说明了。顾炎武对公和私有一段妙论：“大公者，集天下之私。”这就是说，真正的公是照顾到社会中每个人的生存利益。多少年来，我们害怕谈利益，更害怕谈个人利益；多少年来，什么“友谊”呀等等堂皇的美字眼，遮盖住这个被某些人视为洪水猛兽的东西，唯恐它露出本相。

为什么要害怕和每个人生存息息相关的利

益？如果每个人的生存利益都被压缩到了最低限度，结果意味着什么？

你知道并记得几十年前，一位先驱对一位仁人题写过这句话："人生得一知己足矣。"这是一句叹息，一句对友谊发出的惨痛至深的最后的哀叹。只需一个已经足够，然而前提必须是：知己。己者，我个人也。知我的要求，先驱伟人所渴求的精神利益也。寻求个人精神利益的最后立足点，非但不低下，反而体现了真正的高尚。

大可不必"耻于谈利"，因为人们所追求的切身利益本来就大相径庭。

因为利益的不同，友谊破裂；因为人生目的（最终利益）的相左，分道扬镳。

于是尘世间有了分赃不均后的反目；有了皇子争位时的血亲仇杀；有了革命党里的告密者和叛徒；甚至有了汉奸，他连对祖国的友谊也顾不得了……

纷纷攘攘，何物作怪？利益也。

连最文雅、最清淡的笔墨之谊当中，也免不了龃龉。当然有些低下的纠纷是为了名，利如果是雨的话，名往往是雨前的风。但是那些优秀的人却并不是为了这些。他们也为了利益，但他们的个人利益或精神利益已经超过了自己，在相当广阔的意义上接近、代表了人们共同的利益——真理。在追求真理的斗争中，撕破了友谊的面纱、承受了感情的痛苦的人，是伟大的人。我们之所以尊重他所追求的利益，是因为他在追求我们共同的利益。

利益是一切人们所追求的目的。但是有渺小的、自私可怜的，也有高尚的、胸怀博大的；有切近而短见的，也有风物长宜放眼一切的；有贪婪的，有恬淡的；有金钱和权位的奴仆，也有生命真正的主人……

道之不同，友之不存。

因而，一切有希望真正握住自己生命的人，总是在走一条最终通向孤立的路。当你摆脱了世俗的诱惑，看穿了社会的诱饵，一天天地成熟起来，寻求你自己的精神利益时，你不可能不是孤独的旅人。你觉得虚假的友谊是可耻的。

虚假的友谊是可耻的。

当你被一些人利用为一个招牌；当你被某些想利用你的人亲热地称为“老师”；当你必须比你的“朋友”更强大才能成为朋友，否则他就要找更有利的朋友；当你发现你过去的朋友思想还停留在十五年以前，他满面留下岁月刻下的疲惫皱纹而眼睛里没有一丝成熟生命的光芒……

这样的友谊还有必要维持下去么？

你应该轻装。没有什么比你精神上寻求的至高利益更重要。但是，你一定要再问一问自己：

你怕孤独吗？

（“人没有什么好或坏，只有清澈的人和浑浊的人。”这句话说得真好。）

独坐答隐形人问

正是这样，缓缓地：铅色的天空里，雪在缓缓地弥漫、纠缠，宛如严寒苍白的手指编织帘幕，把许多事物隔开；冬夜也是这样缓缓地变得浓稠、脆硬起来，逐渐凝固成壳，把灯光各自分割开；冬天的北方的偏远也是缓缓地被拉长，被想象延伸无穷，以至于像童话般难以进入或抵达。

这时候我进入一种状态——独。独是一种乐趣，一种修炼，一个自我反省的空间，一个“吾日三省吾身”的机会。独并不一定是孤独，它还可以是独立。

耳畔务须保持声音的清洁、纯净。

双目微闭，凝视自己的瞳孔。

神经放松，心律放慢，让血液像电流从高压线上输送时那样平稳地滑动过去，发出细微、轻盈的摩擦声，嗡嗡的，空旷而又细腻。

正是这样，缓缓地：你还原为大沙漠中央的一只盘膝而坐的古猿，满脸生出浓密野蛮令人羞愧的毛发；也可以是一座茫茫大海当中的古老礁石，黝黑的头顶仅能露出一点儿，无法痛快地呼吸，承受着海水的全部重压，时间久远了……

这时候，隐形人出现了。

你看不见它，它却能见着你，看见你的一切，思想、念头、肺腑和隐私。你的任何一种对策都是徒劳的，谎话也不顶用，因为都在它的视线之内。但是你可以和它对话，你听见它的声音，清晰极了。

和自言自语一样。

正是这样，我有时候愿意和它谈话，和这个隐形人。它是知己，也是神灵，是不能显形的痛苦的声音，也是审判官。这些年来，它问了我很多问题，有的让我困窘，有的它不让我告诉外人。只有一次，它问了一些让我愉悦的话，它那时显得非常顺从，甚至相当卑弱，像我的臣仆一样。

它说："像您这样的血肉之躯，本来我是瞧不起的。可是您偶尔竟然有神来之笔，这是为什么？这很让我惊异。"

我听了它这样的问话，便立刻变得骄傲起来，心想，终于也有让你这么老老实实的时候。看来隐形人不太懂文学，于是我就海阔天空向它神吹起来——

你承认那是神来之笔吗？那好，神来之笔可不是闹着玩的，哈哈。神来之笔的意思就等于说这不是我写的，而是神写的，是神借我的口舌或手笔传达出来的，我只不过是神临时借用的一个导体罢了。

什么神呢？现实生活之神。

这个神才是至高的、全知的、神秘的。（比你厉害多啦！）它无所不知而又从不急于道破；它充满规律而表面上又显得杂乱无章；它处处显示给我们，却时时迷惑我们。我们在它之中完成自己的一生，饱尝痛苦，倍觉欢欣；我们老想彻底弄清它，却总被它捉弄；我们一旦领悟它，才能宁静地把自己浸泡、溶化在它之中，置荣辱于度外，与天地而共存……我爱这个伟大不朽的神呢！

也许是因为我爱它，所以这神有时便通过我来传递它的声音，我仅仅是导体，那些神妙的文字均不是我的能力，而是生活之神的声音。我很荣幸成为它的导体。

有时我写作时，很费力，很笨拙，我知道那是我。但是倏忽间碰上了什么,仿佛无意中一个力量触摸了柳枝,一下全绿了,我就知道是它来了,那是它。

它像暴雨那样倾注,大海的浪涛那样翻腾,一刻不停,汹涌活跃,把大块大块湿透的云团撕下来送给你,把整个海洋端过来让你痛饮,奢侈豪华,毫不吝啬。

它命令你迅速地把它捕捉住,把它囚禁在方格之间。要快,要迅速,因为它同时又是转瞬即逝的。你像喝醉了似的,全神贯注略显呆痴,拼命遵循着一个看不见的指令,稳稳地射击。你凭着经验知道,只能击落其中的一小部分,但即便这样,也已经非常之好了。

然后我有些疲惫,是一种兴奋的疲惫,仿佛释放了生命中的一部分。很累但是狂喜,狂喜但是紧随着疑虑丛生——怀疑这些东西是不是一些假象,会不会被人们接受?

我像一个真诚的巫师那样,口中最常念的一句咒语就是:我的神啊,请附体吧,请赋予我可怕的力量吧!

隐形人听了,沉默良久。但是我可以感觉到它的眼神,里面含着大量的理解与尊重。过了一小会儿，隐形人问道："你知道'形散神不散'这句话吗？"我说知道，你隐形人就是形散神不散，要不然怎么能说话。它说不是问这个意思，是问那句话的意思。

"噢，意思很清楚。"我说。你看见了吗？这句话开始像一句口号，然后成为迈出第一步之后的辩白，可惜最后被人利用，逐渐演变为规范。

你看，"形散"是这句话的目的，表现出要求的态势，要求形可以散。因为当时连"形"也不能"散"嘛，盛行于五六世纪的骈体文章，辞藻华丽、对仗工整，使文章与现实生活隔绝，连形式都有极严格的规范，起承转合四六句，一个模式。这样的"形"能表达普通人的思想感情吗？能被普通人掌握吗？只适合干一件事：空洞华丽的宫廷颂词。

这才引起了"文起八代之衰"的古文运动，才有了"形散神不散"这句口号。它的精神是争取文章更自由放纵，更生动活泼。它要打碎骈体文堆砌起来的"形"的城墙，取得司马迁那样自由自在写文章的权利。"神不散"是一个挡箭牌，是为前面的目的辩护。"形散神不散"这五个字，前两个字是目的，是进攻的矛；后三个字是卫护，是辩白的盾。这句话的实质是一个进攻的人。

到了后来，这句话逐渐被篡改了，目的消失了，只剩下了个盾，成了新的城墙，新的规范。

应该理解这句话的真义。

所有有出息有贡献的文学家都在拓展文章的自由天地，平庸之徒却把它囚禁在一个刚吃完的罐头盒里。对吧？

隐形人说："难道就不要章法了吗？"

"不要。"我说，"我就是章法。"

章法啦，技巧啦，都是人创造的，但它替代不了创造着的人。有力量的人总是藐视章法不屑于技巧的，这才是创造的心态。有的人被章法捆住了，那是因为他的创造力小于那些创造了章法的人。

黄河就没章法，九曲连环十八个拐弯哪一弯拐错了？它想要怎么改道就怎么改道，想怎么泛滥就怎么泛滥，它淹没了你也养育着你，它功过两辉煌。它不是人工运河，更不是卵石灌渠，它本身就是一条有生命的河！

它越是改道，越是泛滥，越证明它的生命活力依然充沛……这样一条古老的河流，至今没有枯竭，仅此一点就让人感动。

最大的章法，是一个人的精神境界，他精神上的巴颜喀拉山的海拔高度，还有他生命源头创造活力的蓄水量，这两个方面具备了，他才可以“黄河之水天上来”。往往是这样，长江大河猛一看过去不如小溪小河风雅可爱，高峰顶巅也不一定特别地险峻奇绝。朴拙了，不以奇巧取胜了，而且超过了眼睛欣赏的能力。它们创造的是巨大的奇观，而人眼是无法装下这样大的现象的，欣赏这样的伟物，需要心眼并用，需要阅世的本领。长江黄河，高山大湖，万里长城，龙门云冈……这些伟物都朴拙，都雄厚，都不是章法的刻意造成，而是历史和土地的一部分。

说到这儿我有些激动，站起来，使劲挥动着手臂，像是在劈砍空气。“伟物不得了呀！”我大喊起来。

这时，隐形人不见了。

1991年1月11日

我爱读书，但没学问

谁要说我这个人真不读书，的确有些冤枉我了，尽管我有时候也宣称自己不读书，但那是吹牛，不要信以为真。“刘、项原来不读书”，人家是政治家、军事家。周涛没有那个资本，所以周涛还是爱读书的。

读书不多也读了三十多年，虽非皓首穷经，但也是手不释卷。要是问我究竟读了多少万字的书，我自己也觉得浩浩乎横无际涯，不可胜数，就跟什么也没读过感觉几乎是一样的。

我讲的这三十多年的读书生活，不包括从小学一年级到大学四年级这十六年的正式读书受教育的读书，我说的读书是一种自觉自愿的、出于兴趣和需要而没有太直接功利目的的生活方式——不受校方鞭策，不与同辈竞争，不考研究生也不当博士的随心所欲的读书。我不排斥，也不反对上述的青年学子的那些读书方式,但我认为那些方式都是为我取得的这种读书生活作准备的,是后者的基础或阶石。

在书中俯仰自如地享受乐趣是最美的啦,深浅随需,取舍由己,不为高山攀登,也不作森林探险,而是充分地享受知识和艺术的阳光、风、新鲜空气和碧水沙滩。游泳或散步,假寐或思考,与智者神游,和天地融合。这样的读书不消耗体力,却养育精神,它使你有足够的信心和勇气面对实际生活中的攀登和探险。

读书是休息的一种方式,求知是自身的需要,而不断地在精神上提升自己是人生的至高享受。当然也有苦闷,也有从一个旧躯壳里挣脱出来的疼痛,但新的世界更开阔、更深厚了,一本一本的书,托着你垫着你升高、长高,你觉得其乐无穷,“欲穷千里目,更上一层楼”就是这样。在生活中体验,在读书中求知,两者均不可缺,它推动人们生活得更明白,更有韵味。

实际上我的这种读书方式也是许多人的读书方式,是一种业余式的,享受型的。所以我说自己“我爱读书,但没学问”,好读书不求甚解,念白字不查字典。有一次我把“老妪”念成“老沤”,弄得人家念对的还以为是自己错了，人家都以为我有多大的学问，不知道我不会查字典。不过我的好处是一旦错别字脱口而出，被人纠正脸不红，错了坚决改正，下次不小心还可能再错。特别是我这种泛读缺乏系统性，往往有些常识也记不太准，我谓之为得其神而弃其形，摄其味而略其肉，算是自我解嘲吧。我并不主张都像我这样读书，但不妨兼取一部分这种方式，或可成为补充。

我最喜欢读的书，才带到厕上，枕上，坐在马桶上读书和躺在被窝里读书，是坏习惯、佳享受，所以这时必须携一卷好书，方能比较舒畅愉快。这叫“书香解厕臭，卷长入梦短”，不亦乐乎！千万不要认为把你的书带进厕所或抛在枕边是不尊重，而要当作读者对你的极高礼遇和抬举。

最不要读无趣呆人著的书，自己死板愚蠢，还要人家和他一样变得无趣愚蠢，这种书最是误人子弟了，大家不要读。最喜欢的是有趣活人著的书，有灵性，有性情，有可告人之事，有可倾诉之情，活泼泼的一个人，值得认识。至于伟大先知的书，奥义深远的书，不能不读，也不能急着去读，需要准备，充实，积累，使自己达到能够接近的境地，再读，方能领略。因为太高峻的山，不可能一下登临其顶。连登山运动员都需要进行登山前的训练呢!

喜欢读书就可能有一点书生气或书卷气,我看有一点也没什么不可以,只要不是“书生气十足”,有一点还是很可爱的;若是全无,便觉口臭逼人、俗不可耐,连找个好对象都困难。

喜欢读书是必要的,有多大学问是次要的,倘若到了一个人家里,他要是没有几本让人惊喜的书,你就坐不住,老想告辞,离这种环境远远的。

论读书的坏处

读书的好处、妙处、会心处、得意忘形处，已经被先贤们讲得很充分了，我不想再重复。这里我只想挑剔一下读书的坏处。

读书有没有坏处呢？有人说“开卷有益”，那就是主张只有好处没有坏处。我以为，世上万事万物均包含有好、坏两个方面的因素，因环境、条件、对象情况的不同而异，纯粹只带来好的结果的事物是没有的。读书也不例外。只是历来人们强调读书有益的方面的多，而对读书的坏处方面研究、探讨得少。

过去神州大地上还曾风行过十年“读书无用”的论调，搜书、禁书，那一套行径，当不在本人对读书的坏处研究的范畴之列。因为我首先是主张读书有用的，不仅有用，而且是大大的有用。恰恰是越有用的事物，它的坏处的一面就隐藏得越深，越容易被人们忽略。

首先,读书是一种容易产生幻觉的行为。我们面对的是一些文字符号,这些文字本身有着几千上万年积淀的魔力——它没有图像却往往比图画更逼真,没有色彩却常常比一切花朵更缤纷灿烂,而且,它的每一个字几乎都是一个琴键,组合、碰撞出清脆迷人的乐感……“上穷碧落下黄泉”,文字所能诱发的幻觉世界也是无尽的!所以读书是一件足能令人迷醉成癖的事,这充分说明了书的性质,即现实生活对人的感发一经文字这道奇异的过滤之门,就已经不再是现实,而是现实经过一个人的大脑心灵凝缩而成的符号,它需要另一个人用自己的全部修养去破译,破译出来的,当然与现实距离更大。

书已经不是现实了,它是现实经过人的心灵过滤、创造出的一个新的实体,它像现实,却不等于现实。

许多痴迷的读书人的可笑处正在这里。迷醉于书中的世界时,自会疏离陌生现实世界;书那么小,但是这三十二开本的袖里乾坤却是那么浩瀚博大、融汇古今;它的不受时空限制的属性使它比现实生活这一明显受制于时空局限的世界显得更有魅力、更富于主体精神；然而正是这一点，使习惯于在精神历史的太空里遨游的人们，每每降临到现实的山峦土地时现出艰难，现实是铁硬的，有其自身规律不以人的意志为转移的，对于个人或一部分人来说甚至是冷酷的、不讲道理的。

书里的世界既然与现实世界有这么大差距，就容易造成嗜好读书而现实阅历较为单薄的人与生活格格不入。读书使人幻想，而现实实际；读书使人超前，而现实艰难；读书使人精神飞扬，而现实却迫使人压抑自我……如此这般，“书生意气，挥斥方遒”只能是纸面上的功夫，实现起来，即使是毛泽东那样的天才，也还得去慢慢走那个万里长征。

由此还可以研究的，是读书缺乏现场感知。不仅是读书，一切传播媒介，电影、电视、广播、录音，无论科学手段多么逼真，都无法代替现场体验，读书也是如此。一个小镇上的人，无论他看了多少有关大都市的书籍和电视，他还是不能算得上了解那座都市，他第一次进入那都市时，仍然会感到陌生慌乱，手足无措。看书和看电视时，主体是优越的、超脱的，他的心理安全不受影响，他完全是欣赏的姿态。但是一旦参与进去就完全不一样了，参与现实和超脱于现实之外欣赏、批评，完全是两回事。

许多书里感人泪下的情节和场景，在现实中是无法照搬的，如果照搬，可能会使自己尴尬别人厌恶。

许许多多的人生悲剧也恰是由这种书的教养与现实生存的不和谐酿成的。青灯黄卷也好，白首穷经也好，一旦脱离了对社会现状的调查研究、体察思考，总不免是跛足的，最终悟得一声“读书误我！”的长叹。

《读书》杂志载有吴兴明先生的一篇文章，其中有这样一段妙论：“常常在某些特定的文化圈跟着自然生命的演进一代一代地遗传。这种遗传方式使内在的文化精神比外在文化的知识观念具有远为强大的生命力。比如一个文盲，他不必经过任何知识训练，但是他举手投足、言谈行为、处事方式可以无一不是此文化中人。他不通过对古代文本的间接领会，而直接受各种习俗、故事、表情乃至于情绪氛围的影响，从而在亚文化圈内经过自然生命之习俗浸染的方式来养成一种独特的智慧。由于他对谋略文化的内在气质不是通过理性研讨来达到认同，而是通过自然习俗来长成的，其达于骨髓的程度甚至可以比文人还深入百倍。”

说“人生识字糊涂始”的，说“若个书生万户侯”的，都不仅仅是牢骚，而是对读书所带来的坏处那一面的觉悟和触摸。到了今天，无非是应该使现代人活得更清醒、更自觉罢了。

说到底，学习和实践，读万卷书和行万里路，两个方面，缺一不可，还是一个老话题。

读书的好处就不用讲了，明摆着。

1992年8月13日

器官透视

眼　睛

一对黑色的玻璃球。(准确说是黑白相间)

可是万一一觉醒来,它俩换了位置,谁又能区分得出来呢? 或许只有鼻子知道。(可它又恰恰不会说话)

爱着同一个异性,恨着同一个仇敌。

放射等距离的光束,洒落同数量的泪滴。(谁证明过,两只眼睛里流出的眼泪不同量?)

而且,还有,为什么是两只? 仅仅是为了对称吗?

有人说:用一只眼睛认识宇宙,另一只眼睛认识人类自己。

多么辉煌迷人的空话! 其实,当一只眼睛关心自己利益的时候,另一只眼睛——也同样。

嘴

不管它是不是最美的或最丑的，但它肯定是最忙的。

它忙着吞下三顿正餐及各种零食，还忙着饮下数公斤的水、饮料、酒；它几乎不休息，交际、宣传、阐述、论证……吹牛、骂人、唱歌以及朗诵诗之类的。当它没事儿的时候，它就要“闲聊”；当它休息的时候，它还会练着说说“梦话”。

它真忙——这两片神奇的蚌唇！

除了这些，为眼睛做证、替耳朵撒谎之外，还忙于为爱情加温。尽管它忙得不可开交，遗憾的是，最受责骂的还是它。

耳　朵

充其量只是个半成品。

因为，它只有洞而竟然没有门。这就只能使它不加选择地把所有能听到的声音，都放进来。音乐、噪声，鸟鸣、狼嚎，娇喘和情话及詈骂，正义的誓词和汽车刹车的刺耳尖叫……

看来它似乎是个没立场的家伙。

如果给它装上一道门，只放好听的话进来——那会是什么样呢？（应该是可以试试的，现代科学技术已经发展到了今天。）

鼻　子

香的东西它吃不成，臭的东西它推不掉，在绝不算辽阔的一张脸的版图上，这座高居的两孔山脉占去了将近三分之二。

它挡住两只眼睛的互视。

“呼吸！你们懂吗？”它哼哼着说。

“我也会！”嘴喊起来。

啪嗒，两孔鼻涕向嘴排泄过去。

头　发

无论是披拂于额前含蓄的刘海，或是跌落于肩崖汹涌的瀑布。

无论是流动于两鬓的舒缓小溪，或是偎依于耳畔的浅浅漩涡，都是它生命的姿态。

它虽没有任何实用价值，却是祖先赐给每个人的唯一与美有关的礼物。

手　指

这是十个黑乎乎的没脑子的恶棍。

世界因为有了它们而变得恐怖。

凶杀、斗殴、盗窃、奸污，一切令人惊惧的罪恶，皆起于它们——这十常侍。当然，收回的拳头可以变成和平的拥抱，盗窃的手指可以捧一束鲜花做爱情的信物……

脑

被颅骨的高墙坚堡围护着的秘地。

人们因为见不到它而敬仰它，进而将它神秘化，认为一切行为都是归功于它的指挥，并猜想它一定是一架最科学、最完备的高密度电子设备，或者是人体的一座“硅谷”。

可是，有一天大街上发生了一起车祸，人们看见了它——像一碗掉在地上摔溅开的豆腐脑！

人们开始产生疑问。

“怎么会是这样儿呢？”

说退稿

前一段时间，湖南有一家文学刊物约稿，恰好手边有一篇就寄去，不料过了个把月，收到一封退稿信。把信良久，初感愕然，继而释怀，再三思想，觉得编辑认真精神可敬可佩。退稿滋味久不尝矣，而今品尝回味无穷。

于是说退稿。

吾今久不遭退稿矣，每有稿件，几乎必发，箭箭上靶，枪枪不空，左右逢源，上下纵横。久而久之养成习惯，似乎世间已经不存在退稿这种事了，而发表文章作品也同时变得稀松平常，无关痛痒，丝毫没有什么刺激性了。

实际上没有了退稿也就使发表变得不再珍贵。湖南那家刊物做得对，即使对于有名的作家，写得平淡之作，也应该一视同仁，有勇气退稿。这不是不敬，而是真诚的爱护。

笔者当初年轻时喜好写作，故常投稿，对于退稿不仅不陌生，简直可以说是家常便饭，百投百退，屡败屡战。初时投出一稿，魂牵梦萦，譬如情书，茶饭不思。当是时，异想天开，想入非非，以为白日梦，颇觉一身轻，料得刊发显著，倾城争诵，一觉醒来如唐才子高中皇榜，名满天下。

稿件多如泥牛入海，杳无音信，偶尔接一信封，心颤手抖，祈祷上苍，不敢贸然拆开。结果拆开必是退稿，“某某同志：感谢支持。来稿经研究，不拟刊用。现退回，请查收”云云。如同一张热脸碰了冷屁股，还如收到一记响亮清脆的耳光，打得脸面上热辣辣的！看后赶快偷偷把这信藏起来，唯恐别人知道了自己那点鬼心思。

记得光是给《诗刊》投稿，就不遗余力，不计后果，只寄不拆地投了三年多，退稿不计其数，在《诗刊》的护城壕下不知掩埋了多少我家儿郎的尸体。去年夏天，《人民文学》的副主编韩作荣来到新疆，我给大家介绍他时是这么说的：“就是他，当初整整退了我三年的稿！”（韩当时在《诗刊》当编辑）退稿退出友谊来了，退稿退出感情和理解来了。退稿退稿，有何不好？

被退稿吓退的，可早作它择，另栖新枝；被退稿退掉的，也是不适合投稿的。退稿是激励，你退，我偏要再投，有朝一日你会认识我，亲近我，重视我。天生我材必有用，千稿退尽还复来！

在退稿中，人渐渐进步了，渐渐成熟了，这是最初的社会尝试，也是最初的社会教育，还是最初的社会活动。渐渐，不退稿了，发表作品了，甚至成名了，但是此中滋味已非当初少年时的想入非非了，甘苦寸心，一言难尽矣。

人就是这么成长起来的，虽然未必都经历过退稿，但和退稿的道理相同——都是在不断失败的磨砺中走向人生更高境界的。那时，可能你已不在乎成功的感觉了，可能你对所谓成功的理解已完全不同于当初的热望了，反而，你往往会期望再来一次退稿，再来一次失败，让那个熟悉的旧情人再来激发你生命的热力。

当初你所羞耻憎恶的，而今却又一次成为你难得的。只是，"此情可待成追忆，只是当时已惘然"。

1996年10月16日

说文人

我不喜欢“文人”这个称呼。与这个词相比较起来，我偏爱“智识者”“天才”“才子”“诗人”这样一类说法。

“文人”这个词也许当初并非有什么恶意和贬义，我猜那原意可能是指“有较高文化教养的人”。但是沿袭嬗变、时过境迁，随着社会风尚和各种体制的演变，这个词在今天的生活中已经含有复杂难言的内容——这是为数不多的那种含义不明的词语之一，敬意和恶意难辨，嫉恨和嘲讽共生。这个词使人和人之间拉开距离，产生非同类感，进而把你从人众中分离出去，让你变成一种孤立的怪物。

怪物也罢，如果是高翔于芸芸众生之上的拜伦、普希金，那人们只有仰视灵杰的份儿。恰恰相反，“文人”由于文化等级的不同，而为大多数人所陌生、不理解，同时还因此滋生出深刻的忌妒与轻藐。

古人就有“百无一用是书生”的说法，这也许是某个书生的自嘲，结果偏偏这句诗被群众迅速接受了，流布成为一种社会眼光。发展下来，今人就有了“书呆子”“文人”“臭知识分子”之类的说法。现在，当一个人说你是文人的时候，潜台词就是在说你除了舞文弄墨其他什么事也做不了；当一个人自称他是“大老粗”的时候，言下之意就是他除了不屑于烹文煮字，干什么都行，从政当官、领兵打仗、经商理财、跑腿办事，样样行。

“文化多了是人生的一种负担”，这是现今一种活得比较透彻的说法。这样看来，文人就是属于那种全身上上下下、里里外外背满了这种负担和累赘的人。这话有没有一点道理呢？我想至少有两方面的理由在：

其一是文化如同万物，有其益也有其害。智者可以得其神，遨游于大自然；愚者难免受其困，拘于绳墨，拜倒偶像，丧失本性，学步邯郸未成而忘记原步怯怯不能行。

此为万事万物之共理，何独怪怨于文化耶？难道因噎废食，就可以提倡不要文化吗？

其二是文化虽不是一种负担,但却是一种禁忌,它的确无时不在提醒、警诫人们的社会行为和内心意识,提醒人是人,警诫人不能成为麻木的奴隶和丧尽天良的恶棍。从这个意义上说,文化是一种负担,它让人不能像一个无知者那样肆无忌惮,也让人不能像某些恶愚之徒那样自私贪婪,为所欲为。

只有在一个没有文化的群体中,“有文化”才会成为弱者。文人才会成为“百无一用”。但是,在一个半文化的实用主义群体中,文化不仅会成为装饰、道具或武器,还会变成敲开利禄之门的敲门砖,敲开之后,立即露出赤裸裸的贪愚本相,比没有文化还可憎。所以成为文人是一种不幸,不幸在难免孤独,难免少有同类,难免在沙漠中遭到砍伐——像一些树;但同时又是一种大幸,因为它毕竟是一棵树,一棵向着无限天空直立生长的树,而不是沙粒。

真正的树在沙漠中虽遭砍伐或欺凌,也决不会向往把自己变成沙的,就像沙漠里的胡杨——活而不死一千年,死而不倒一千年,倒而不朽一千年。

胡杨这样的生命,何等顽强伟大。

如果从等同于胡杨这样的意味上来理解文人——“有较高文化教养的人”的话，我觉得这个称呼可以接受。但总的来说，我还是不太喜欢这个词。

屁词。

1996年10月16日

第五辑

致新疆（诗歌）

牧　人

和水手、猎人这些名称一样
这本身就是一种光荣
标志着强犷勇敢的人生
他并不一定低于将军

游牧于草浪翻滚的海洋
伫立于起伏如巨浪的山峰
骏马是他的船舶
毡房是他的岛屿
而炊烟呵
是他永不降落的帆篷

他宁静之时
是那样的引人深思
只需要牧道上一个身影

一个坐在马鞍上的身影
就足以使人凝神目送
在他的身上
显示着人类的古老和年轻

而他驰骋的时候
就连最怯懦的书生
也会感到压抑不住的豪情
奔涌如山洪的马群
弥漫如烽烟的雄尘
锐利的呼啸和鼓角般的蹄声
交织成他生命的交响乐
在草原这绿色的舞台上
奏得那么纵情啊

牧人呵
你的生命在驰骋中爆发光彩
飞奔给你以青春
你以驾驭最野性的烈马的姿态
勇敢地驾驭命运

如同对待生活和命运那样

你征服了烈马
同时又对它注满深情——
你久久地抚摸着它的头颈
像抚摸矢志不渝的恋人呢
那披散于星额的秀发般的长鬃
那充满哀怨与柔情的眼睛
那阴凉湿润而又柔软的嘴唇
人和生活呵
就应该这样在世界上相依为命

从远古的年代起
人类与兽类战争
人以智慧击退了野兽
驱赶雄禽飞向遥远的天空
旷野山林成了人的领地
牧人就成了留守在这里的将军
他押送羊群的俘虏
驱使驼队的仆役
至今他的帐篷
还如古代的军营

但是牧人

绝不是远古的遗民
听吧
在高远的蓝天之下
在绿色的河谷之中
传来了牧人高亢的歌声
“噢嗬——
毡房是生我之摇篮
坦荡的世界却容我终生奔行”

1981年10月5日

冬天遇到的童话

有一年冬天
我遇到了个童话

它并没有什么深刻的含义
但我觉得它很美丽

那是巩乃斯草原雪后的清晨
大地铺了厚厚的银絮

阳光在雪面镀上炫目的幻想
这时,雪原上跑过来一只狐狸

它是那样火红
如滚动的火焰,太阳的儿女

当它艰难地从深雪里跃出
慌张得险些撞上我的马蹄

它一愣，我看见那恐惧绝望的眼睛
和嘴边细碎的雾气

我让开了道路，久久凝望
洁白的雪原上，火红的影子渐渐远去

这时，我听见身后传来
暴怒的犬吠和沉重的马蹄

这猎人追捕的逃犯，草原的惯盗
自然界的骗子，啊狐狸

可是我心里却祈望着
不要，不要抓住你

让这火红的生命在雪原跳动吧
没有它，旷野该多么孤寂

这是一个没有意义的童话

至今，还清晰地藏在我的记忆里

1981年10月6日

对衰老的回答

孩子们不会想到老，当然
新鲜的生命连死亡也不会相信
青年人也没工夫去想老
炽烈的火焰
不可能理解灰烬
但是，总有一天
衰老和死亡的磁场
会收走人间的每一颗铁钉

我想到自己的衰老了
因为年龄的吃水线
已使我战栗、吃惊
甚至于在梦中都能感到
生命的船正渐渐下沉……
“但是别怕！”我安慰自己

人生就是攀登。
走上去,不过是宁静的雪峰
死亡也许不是穿黑袍的骷髅
它应该和诞生一样神圣……

我也设想了自己的老境——
深秋叶落的梧桐,风沙半掩的荒村
心的夕阳,沉在岁月的黄昏
稀疏的白草在多皱的崖顶飘动
颤抖滞涩的手笔
深奥莫测的花镜
借一缕冬日罕见的阳光
翻晒人生的全部历程……

"累吗?"我想问自己
回首往事,最高的幸福
应该是心灵不能平静
我很平凡,不可能活得无愧无悔
我很普通,也不敢奢望猎取功名
我宁肯做一匹消耗殆尽的骆驼
倒毙于没有终点的途中
我甘愿是一匹竭力驰骋的奔马

失蹄于不可攀缘的险峰
让我生命的船
在风暴降临的海面浮沉吧
让我肺腑的歌
在褒贬毁誉中永生……

我愿接受命运之神的
一切馈赠
只拒绝一样:平庸
我不要世俗的幸福,却甘愿
在艰难曲折中寻觅真金
即使我衰老了,我也是骄傲的
瞧吧,这才是真正好汉的一生
白发如银,那是智慧结晶
牙齿脱落,那是尝遍艰辛
我将依然豪迈,依然乐观
只是思想变得大海般深沉
命运哪！你岂能改变得了
我的本性
我会说:“我生活过了,思索过了
用整整一生作了小小的耕耘。”
我愿身躯成为枯萎的野草

却不愿在脂肪的包围中无病呻吟
我愿头颅成为滚动的车轮
而决不在私欲的阵地上固守花荫
我愿手臂成为前进的路标
也决不在历史的长途上阻挡后人……
这才是老人的美呵——
美得庄严,美得凝重
岁月刻下的每一笔皱纹
都是耐人寻味的人生辙印……

这才是我的履历,我的碑文
才是我意志的考场,才能的准秤
而且,越是接近死亡
就越是对人间爱得深沉
哪怕躯壳已如斑驳的古庙
而灵魂犹似铜铸的巨钟
生活的每一次撞击
都会发出浑厚悠远的声音……
假如有一天,我被后人
挤出这人间世界
那么高山是我的坟茔
河流是我的笑声

在人类高尚者的丰碑上
一定会找见我的姓名……

1981年11月4日

积雪的慕士塔格

无数被积雪擦得发亮的山峰
如想象中巨人的头颅
深思在冬日的柔光里
钢蓝色的微笑
藏着永恒的神秘

即使一万年无人造访
它也决不会变成风景区
严峻和沉默
只等待
探险者的足迹

它并不疏远谁
疏远它的是人们自己
看起来似乎很近

攀登它却需要勇气
赞美它的崇高很容易
然而只有用生命
才能作它的阶梯

是雪千载统治的城堡
是冰万古不化的墓地
在生命不容易到达的地方
同时居住着
死亡和真理

1981年11月27日

河岸上的暮色

河对岸
牧场那座宽大的舞台上
暮色之帷已开始降落
这个舞台的边缘
就是河岸深长的断裂

幽深的峡谷是它的乐池
巩乃斯河正不倦地流着
大自然万年不变的布景
说不出是简单还是寥廓
毡房几座,雪山几座
远远望去天和地仿佛连着
圆天如盖,大地如锅

一天又演完了,幕布徐徐飘落

岁月却像流水,并不停止奏乐

峻峭的河岸耸如古堡
夕阳像掉在雪峰上将熄的炭火
暗淡得发不出光泽
晚归的鸦群辨认巢穴
一片乱翅扇黑了天色

一切反而变得清晰而亲切
只要坐在对岸隔着一条河

不知是炊烟搅浑了暮色
还是河水染浓了暮色
生活的幕宣布一场终结
落日想用句号终止
月亮却用逗号表示间歇

暮色收去了的
晨曦会重新还给我

1982年2月4日

鹰的挽歌

为一只鹰
我写这首挽歌

……雪原很静，静得近于寂寞
只有阳光的睫毛在惊异地闪烁

天空和雪野是一页拆开的书面
一只鹰在书面上曳着无声的音乐

突然远处一声枪响
随着凄厉的啸叫，落下天空中的勇者

它扑开双翅，痉挛着伸直利爪
锐眼仍在仰望苍蓝的天空，灰白的云朵

是谁为了他一霎间的好奇和无聊
犯下这惨杀雄禽的罪过

鹰,这样的死不是你的结局
你的死呵,应该是那样悲壮、皎洁——

一只衰老的鹰,决不死于巢穴
雄禽的尸体,也不作鼠们的食物

你看那鹰,在山巅最后一次巡视世界
然后跃向深渊,滑翔着掠过原野

它寻找那向上的风,躺进气流的旋涡
然后被太空的劲风,把翎毛血肉撕成碎片

只有浩瀚的天空才配作飞翔者的坟场
雄禽的死亡,本身就是一次壮美的终结

啊,让鹰像鹰那样死去吧
再别让高飞的灵魂悲惨地夭折……

1981年2月10日

野马群

兀立荒原
任漠风吹散长鬃
引颈怅望远方天地之交
那永远不可企及的地平线
三五成群
以空旷天地间的鼎足之势
组成一幅相依为命的画面

同是马的一族
却与众马不同
那拖曳于灌丛之上的粗尾
披散在胸颈额前的乱鬃
未经梳理和修饰
落满尘沙的背脊
不曾鞴过镶银的鞍具

强健的臀部
没有铁的烙印
在那桀骜不驯的野性的眼睛里
很难找到一点温顺

汗血马的后代
先辈铁骑的子孙
一次酷烈的战役中
侥幸生存下来的
古战场的遗民
荒凉土地的历史见证

昔日马中的贵族
失去了华贵的马厩
沦为荒野中的流浪者
面临濒于灭绝的威胁
与狼群周旋
追逐水草于荒漠
躲避搏杀的枪口
但是,即使袭来旷世的风暴
它们也是不肯跪着求生的一群

也有过
于暮色降临之时
悄悄地
接近牧人的帐篷
呼吸着人类温暖的气息
垂首静听那神秘的语言和笑声
潜藏于血液中的深情
从野性的灵魂里唤醒
一种浪子对故土的怀念
使它们久久地
默然凝神
可是只需一声犬吠
又会使它们
消失得无踪无影

牧人循声而出
遥望那群疾不可追的
隐匿于夜色之中的黑影
会轻轻地说：
哟嗬，野马群……

1982年5月24日

致阿尔泰山

我再也不能满足于
在斑斓的地图上想象你
认识一座高山
和认识一个高尚的人
同样有意义

我像一只蚂蚁
向阿尔泰群山的腹地走去
用细小的步子
丈量一个巨人的躯体
不是为游逛
是为理解你

我不认为你是无言的
伟大的沉默

绝不等于死寂
你回环重叠的山峦和峡谷呵
一峰一世界
群山一整体

晴空中思索着
你披满积雪的头颅
星光下舒展着
你跨越国界的肢体
像鹰一样久久盘旋的
是你凝视人间的目光
像风一般深深回荡的
是你震撼山谷的呼吸

每道瀑布、每片森林
都是你的情人
每块岩石、每段峭壁
都是你的后裔
而你
既是宁静黎明的歌者
也是深沉暮色的知己

你是老人也是婴孩
是山歌也是哲理
是布满皱褶的苍老的岩石
也是新鲜活泼的山泉小溪
是不断生长的骨骼
也是久远的履历
和人一样
你有忠实的记忆

造山者不是人,也不是上帝
而是大山自己,力的崛起

1982年8月19日

鹰之击

哦,我看见一只鹰,正从峭壁上飞起
它刚才还立在山巅,立在一块突兀的岩石上
凝着神,收着翅,一动也不动
像一座褐灰色的石雕
从高峻的积雪的山峦俯瞰大地——
这时深秋的旷野
在枯黄的草色中还隐隐透着淡绿
如一幅刚刚绘好的地图
坦荡的世界醉于色彩变幻的旅游
杂色的树叶和银灰色的河流
合拍于大地缓缓起伏的旋律
哦,这是只年轻的鹰,翅膀异常有力

它有被太阳烘暖的热血
闪电般犀利的目光

飞卷的鳞状雨云所剪裁而成的翎羽
它还有迅雷一般易怒的脾气
它盘旋着,凭借着风和气流
划出巨大的弧线旋转上升……
它发现了什么? 谁是它的仇敌
为什么那摇向青天极处的黑点
突然发出尖厉激扬的啸叫
它伸展帆影般的双翼
开始在天风中兴奋地颤抖啦
胸脯前狂流的热血涌向咽喉
渴望着属于鹰的荣誉……
哦,它看见了:一只狼

一只狼,正从通向牧场的山洼处走过来
穿过那片投着阴影的松林
远处,暴怒的吠犬正在搜索山丛
这个在逃犯,是只老狼了
灰色的皮毛像秋草那样杂乱
蹒跚地走在布满石片的干涸的溪底
它垂着头,目光冷漠而暗淡
仿佛掩盖在灰烬中的两粒火星
一条踬碍的前腿像挨过狼夹子

那破布般的尾巴
正无精打采地拖在身后
像败兵倒拖在身后的破旗
这时,那只发现了目标的鹰
从空中投下死神的阴影
那猎鹰是那样愤怒而且自信
它盘旋到最适合的角度
就果敢地压低翅膀,猛一侧身
掠过了山脊,掠过了树梢
在瓦蓝的天际
划出一道长长的裂缝……
那老狼正暴露于旷野之上
它只是蹒跚地小跑着
都不曾抬起头,瞥一眼天上的流云
但它的眼睛却死死盯住鹰的投影
锋利的牙齿间紧紧咬着一个仇恨

狼已经感到了背脊上,鹰的锐目
射向它的两道正义的寒光
听到自空而降的猎猎雄风
正向它压下来,渐渐逼近……
年轻的鹰发起了第一次打击

它伸出一只利爪，攫住狼的后臀
让那利刃深深扎进骨缝，它知道
这剧痛是岩石也无法忍受的
狼一定会本能地反击，扭头来咬
那正好，它的另一只利爪
会不失时机地伸过去
插进它毛茸茸的两耳之间，掠过头顶
闪电般抠住狼的眼睛……
但是那老灰狼没有扭头
它把一声狂嚎关在喉咙里，只挤出一丝呻吟
老辣的计谋扼制了本能
它反而更低地向前伸着头，开始狂奔
像一只拖着褐色风帆的快船
直奔一片枝干交错、密如蛛网的灌木林
鹰的铁爪锁在它的骨肉之中了
扑着翅膀挣扎，像一架倒拖的犁……
被拖向灌木林，被拖进灌木林
劈面而来的枝杈，抽打它，引诱它
引诱它那只铁爪抓住树枝的本能
它抓住树枝，想借以重新腾空
然而，这只年轻的鹰，却抓住了不幸——
两个铁钩似的利爪都已无法脱开了

它被劈胸撕成两半,灌叶深处
传出一阵凄厉的啸声……

当那只狼,从树叶中蹿出来的时候
就像在那里刚刚进行了一场谋杀
那鹰的一半正牢牢钉在树上
被冲力撕开的胸腔热血淋淋
但它的神经肌肉却还活着
像钉在树上的一面迎风的旗帜
它的翅膀还在不停地扑打着、扇动着……
所有的鹰都会从高空、从陡峭的悬崖上
看到它的形象,听到它的声音
哦,这属于天空和大地的勇敢的子孙
而那只老狼,它真的胜利了吗
不,它从此不能再有一刻安宁了
它将不停地长嚎、奔跑、打滚
从白天跑到黑夜,从黑夜跑到黎明
因为一只鹰爪还留在它身后
深嵌在骨缝,紧紧掐住它的神经
它永远也摆脱不掉这只手了
直到精疲力竭地死去……

哦！我又看见一只鹰，和那只鹰一样年轻
它又从峭壁上飞起，轻轻地一纵
滑翔得那么自如，俯冲得那么英勇
偶尔也从云层飘下一两声欢叫
它是在召唤曾经的同类吗？这雄禽
连欢叫的声音也是悲壮的
如同直射长空的飒飒秋风……
是的，鹰是不死的
峭壁上依然有鹰的石雕
和那只鹰一样是褐灰色的
褐灰色的，一动不动
天空中依然有鹰的身影
也和那死去的鹰一样
划着巨大的弧线，旋转上升……

1982年10月20日

叶尔羌河流进沙漠

叶尔羌河流进沙漠
流进它的归宿
一路扭动着疲惫的身躯
连一声呻吟都没发出

它的墓地,它的终点
没有海浪的花束和潮汛的锣鼓
更没有船队和海鸥
等在海平线上为它剪彩
叶尔羌河流进沙漠

它的目的不在前面
而在自己身后的绿洲
绿洲上的清晨或傍晚
肩着土罐汲水的农妇

在于幽深的庭院中有夹竹桃摇曳
葡萄的浓荫里有夜莺的歌唱
在于沙漠的边缘也有清亮的明月
在于人间所有的欢乐里
都渗透了它的血液

它知道自己没有白流
没有白白从这世界上流过
虽然前面等着它的
是一个永恒的寂寞

1983年4月10日

在高原

在高原，仿佛只剩下
这三种东西：石头、太阳和风
由它们组成的画面
大概是一幅
残酷而有力的象征派作品

石头那样坚硬
却在烈日烈风的侵凌下
变得燃烧过的一般松裂
风在钢块般的巨石上
用指爪刻下皱纹
太阳在高原变得很低
不用过分对焦距
便能使岩石晒成赭红色
在高原，凡是生存着的

都成了奇迹：冰雪、兀鹰和人
它们显得很小
却顽强地成为
这部宏大巨著的灵魂

冰峰在离太阳最近的地方
坚守着它的贞洁
看来太阳别想把它融化
它也无法使太阳熄灭
住在岩洞里的兀鹰
每天在阳光下旋飞、翻转
烘暖被阴冷的冰雪冻硬的羽毛
而塔吉克族人坐在石屋里
弹拨着嗡嗡作响的奇异铁弦
奏出岁月之流的声音
凝视他们吧
凝视那些在风和阳光下
不曾皲裂的面孔
鹰一样的鼻子和眼睛
会产生一种幻觉：
世界离你很远了
而宇宙离你很近……

1983年4月19日

致新疆

你这遥远的地方
同样属于勇敢的灵魂
但是你更奇异,更丰富
无限广阔的地域里
铸造着多少
极平凡也极有个性的大胆人生

戈壁的怀抱也是海的怀抱
敞开着,拥抱四面八方的人们
母亲的乳汁
不拒绝要求生存的儿女
天山的乳峰就裸露在蓝天下
让儿女们仰望那骄傲的美
却不容恶者亵渎

奇异的天地孕育奇异的人
无论多少民族和籍贯
都会被巧妙地融为一体
染上某种独特的气味
老人保留着强悍,而少年过于冷峻
姑娘们则有了野性美
在这里的盐碱滩上流汗
会使人忘记所有的地方
享受开拓者的疯狂的忘情
和弥天的风雪抗衡
然后让火亲吻冻僵的手指
在漠风的狂啸和烈日的灼烤下跋涉
然后让瓜汁浓浓地流进喉咙
啊！没有什么地方的生活
能比这里更强烈

可能你最后会离开她
离开她很远很远
但是你绝不可能忘记她
新疆这个地方哟
也许不是白头偕老的妻子
却是终生难忘的情人

1983年4月25日

策马行在雨中的草原

原野骤然间
被风和云团挤得不空旷了
远山像渗水的干墨块
渐渐洇进宣纸般潮湿的天空
我们从马鞍后取出雨衣
像披着尖顶斗篷的十字军骑士
雨下得真大
我们在马背上承受,不想说话
也不想吹口哨或哼歌
因为这世界此刻全在沉默
静听天空对大地的倾诉
马儿在泥泞里走
它的脚越洗越不干净
打湿的鬃毛贴在颈上很凄凉

这时候,有的人可能正在家里看书
或者有位姑娘立在阳台赏雨
哗哗的雨声使读书者体会出幸福
也使多情的女子思绪变得浓郁
哦,他们该是有福的了
然而他们不可能想到我们
我们没有躲雨的帐篷,此刻
正在雨中的草原策马而行

可是我们很容易想起他们
在马背上不说一句话
能想起很多人,很多事情
何况我们不认为自己有多苦
在马背,在草原,在雨中
很像在书里,在诗里
可惜这空旷的地方没有看见
我们在雨中的草原策马巡行

1983年6月8日

猛　士

安得猛士兮守四方

——汉高祖

世间需要这种奇伟的男儿
如同大地需要
拔地而起的群峰

否则,便产生不了奔流入海的大江河
便没有甘愿跌得粉碎的大瀑布
和惊涛裂岸的大轰鸣
倘若大地仅仅满足于平坦
世界该是多么乏味呵
没有一个雷敢撞响天空的沉钟
也没有掀荡浮尘的烈风
世界就会像
一个多雾而燥热夏天的早晨那样

弥漫起令人窒息的平庸……
萧萧易水一道生死的界限
几千年的男儿们
都会碰到这类只能回答一次的课题

有个燕赵的慷慨悲歌之士一去不返
也有拔山盖世的英雄绝路引颈
光荣的失败者不会失败
留给人间一腔豪气一身勇
也留下千年惋惜千年遗恨
几千年悠然而过
高天阔地间还没听到
热血谱成的悲歌在风里长鸣

有个终生郁郁寡欢的诗中圣人
也有遭了宫刑的太史公
伟大的受辱者不曾受辱
受辱的是一个时代的蒙昧无知
酷吏贪官总是得以飞扬跋扈
苦了的却是整个民族的良心
也许古中国想起就会为之一哭呵
为了那些明亮的闪电

只照彻了无比浓重的铅云
但是中国不绝这种奇伟的男儿
他们用热的血、活的生命
滋润着锈了几百年的历史的年轮

猛士啊，我们的军魂
不倒的大纛之下挺起七尺汉子的腰身
只要展开你骄傲的旗帜
临危时就不惜力拔生命洪流的闸门
孔武、刚毅、狂放而又忠贞
在祖国面前
没有任何慷慨的言论
能比上一次慷慨的献身

我崇拜古往今来的猛士呵
当我热血沸腾时
就羞于自己仍是一介书生

1983年10月12日

神　山

于是它开口说话，大海诞生了
——奥·埃利蒂斯

由三个天下最伟大的山系
组合成这座立体的浮雕群
喜马拉雅、冈底斯山、喀喇昆仑
猛犸象、剑齿虎和食肉恐龙的长阵
三条逶迤而来奔腾而起的
猛兽之河在此遭遇
在史前期相撞，被岁月铸成山峰
大河的汹涌流势，冷却为黑岩石
形成三根鼎足的巨型柱。支撑起
我们这个古老而又年轻的世界的屋顶

在这屋顶之下，绿洲的绒餐布上

剥食着红石榴籽和核桃仁的人们
望着三根巨柱上雕刻的天穹影像
和流经眼前的滔滔不绝的神秘语
但产生崇高的敬畏和感激
像编织地毯那样编织了神话
肉体的长者、思想的孩童
匍匐于沙地,用雪水沐浴
他们认为它是神,朝它膜拜
于是它开口说话,大海诞生了

1983年12月16日

屋子里的人看不见它
——艾青

于是它开口说话,用七月阳光下的雪水
冰凉的感情结晶,六角形花瓣消融
瀑布冲刷石壁,春洪携卷泥土
他用这种语言去贯穿沟通世界
有时惩罚但更多的是滋润
更何况它这些语言最终汇流成海
从而贯穿了整个世界的起点和终点

它了解世界而世界并不了解它

艰难漫长的跋涉直至又一次循环
伟大的规律养育平凡的过程
以这至高的形成那至大的
组成了支持人类信念的两大元素
土的塑像是山,水的肖像是海
因而才有了浑朴的崇高和博大
一切坚强勇敢的智者皆由此彻悟
可悲的是,屋子里的人看不见它

1983年12月21日

他的头颅总是高出了一切之上
——惠特曼

难道死在它膀下的人还少么?

使朝拜的香客们从精神到肉体匍匐
使探险者的灵魂留下不可平复的惊悸
使强壮的山民目光变得愚钝
大批的驼队出发而驮回尸体

它总是强迫人们承认自己渺小
在原始的蛮力面前感到神秘

但是朝它进发的人就少了么？
所有上一辈人因困惑而编出的传说
都可能大大激发下辈人的好奇
为证实自己的信念的力量、意志的拉力
体魄和智能的持久性与爆发性
人的生命便不会总是躲避艰险
向神山出发的队伍显得异样庄严
万一我倒在这样一条路上呢？

我不怕，因为不是我一个人在这里
我不是作为冒险家和厌世者而来
我怀着使命而又带着新奇
使命在我心中要比这山峰更高
他的头颅总是高出了一切之上
我不感到孤独，所以我有力

1983年12月21日

兄弟,你知道我是谁,我相信你是在期待我
——聂鲁达

我离开了有阳台和街心花园的城市
匆匆穿过有葡萄架和玉米丛林的农村
来到一个从未来过的地方
把熟悉的世界远远扔在后边
其实在这里我并没有一个熟识者
谁看见我的脸孔也不会发出惊叫
在陡壁边站立的养路工却向我微笑
他的黄狗不知道这种微妙的默契
所以费力不讨好地疯狂追逐汽车
我在兵站长的老羊皮褥子上睡足午觉
然后和披油污军大衣的汽车兵并肩而坐
在深夜时分挤进筑路者的篝火圈
清晨被四肢抽搐的高原病患者惊醒
与被搞醒的军医争吵后握手言欢

我和谁也不认识对谁也不陌生
凡是能到这里来的就有相通的心
我们不仅仅靠军帽上的标志相认

在这里，靠凹陷的指甲干裂的嘴唇
凭为使命而受苦的精神我们相互依存

我们刚强，我们容易流泪
我们用整整一年等待一封家信
我们受苦，我们不要怜悯
我们献出青春是为了赢得光荣
我们无知，昆仑山却给了我们大学问

在一座绿营帐里彼此呼吸身体的气息
在一条待开的雪路上呼唤对方的姓名
在空旷的天空下人变得亲近
“兄弟，你知道我是谁，
你是在期待我——我相信。”

1983年12月21日

我在猜想这位万王之王是谁
——泰戈尔

那么这就是万山之祖
比阿尔卑斯山身材更高规模更庞大

晶莹的富士山与之相比
因太容易接近而显得像玩具
这山中的巨人,脾气暴烈的雄狮
性格固执的硬汉,皮肤粗糙的父亲
终于被我真实地接近了

然而并不是绝望的死地
雄大粗犷的怀抱
容纳着一切顽强的生命
和汽车比赛的野驴群撒欢的地方
永远逃不出班公湖蔚蓝视线的地方
灰鸽旋飞猞猁出没的地方
陡峭的山顶留下古王宫遗址的地方

于是我渐渐升向高空
肩头同时披满雪花和阳光
俯视筑路兵的长诗
把苍鹰盘旋的轨迹描下来
一直伸向高原黄昏的落日
军号奏起,暮色降临
万山之祖的高龄从此记入年轮

我们不是作为征服者而出现
凡为我所骄傲的,我必亲近
我们却都是作为思乡者而存在
同时也都作为开拓者而永恒
生者会牢记这些山的名字
这些山也不会忘记死者的姓名
这位万王之王至高无上——祖国

1983年12月21日

他心目中的另一个世界已经降临
——里马尔

昆仑山的额顶积着太古的白发
而在通向它的道路上听来的故事
却很年轻。阿里支队的成员
已长眠在巨石之下或变得衰老
他们驼队和马帮在乱石上踩出的火星
却在今日汽车兵的挡风板上闪动
一位被叛匪打了十三枪的县委书记的血
总是殷殷地在我们陌生的血管里流

昆仑山自古就是伟大业绩的象征
一切具有宏伟志向和襟怀的人
都让自己的额角伸向它的巅顶
磅礴的大山,世界的制高点
我激发想象又索取意志的天门哪
三十年前一位转战中国的名将
用他的手臂把士兵的目光挥上山顶
他第一次用诗句作了进军令

这位农民的儿子,战争的幸运星
老兵的崇拜者,硬仗中的暴躁神
他望着自己褴褛而无往不胜的部队
望着这群创造了惊世奇迹的普通人
心里有三分怜爱涌起七分冲动
最后的也是最高的堡垒就在这儿了
命令一旦出口就意味着牺牲
但是胜利,必会诞生在汪血的脚印

其实这位将军的心早已飞上昆仑
这符合他的性格,坚定而又天真
他的部署固然是扎扎实实
但幻想得简直离奇万分

奇怪,打了一辈子硬仗的将军
竟在昆仑山下突然变成了诗人
他心目中的另一个世界已经降临
那进军令是:劈开昆仑山,迎接海洋风

1983年12月26日

覆盖的土地

土地总应该有它的覆盖物
这不成问题
一切生长于它的都将还原于它
落英、落叶、雨和雪
林杆、朽木、禽和兽
人也一样用双手覆盖土地
而后又心甘情愿被土地覆盖

当土地在深秋脱去了它最昂贵的锦袍
便舒一口气,裸露身躯于暖日之下
懒洋洋地晒
晒得四处都弥漫着它的气味
让农夫帮它翻身搔痒痒
然后被从天而降的大雪覆盖很久
很久地进入反思和回忆

这时候它展示的是一种忧郁的辽阔
万物皆空的充实
与天空成为一色
雪的阴影和云的阴影
模糊了远方的那个界线
雪原成了一句删得极精炼的诗
感觉得到但却吟不出来

北方的歌者行于雪原上
厚墩墩的大地隆起来直接天宇
他被举起来
像一个黑点那样
土地被覆盖的时候就是沉思的时候
它的沉思是一句诗
北方的歌者在雪原上移动、寻找……

1985年12月

第六辑

遥远（诗歌）

铁　轨

两条平行的线
坚硬而又柔软

从那些为纷乱的线团
所缠绕的都市牵出
沿途串起城镇
像不规则的项链
一直延伸到遥远的天边

现在
却似被人抛弃了一样
撂在这空旷的大戈壁上了
亮晶晶地
在酷烈的阳光下闪

如此浩大的天地之间
只有这两根
纤细如少女柔发的游丝

支撑着几万年的
寂寞荒凉之感
繁荣的大蜘蛛
会在这智慧的轨道上
飞快地移动
挥舞云烟

这想象的触角
这奇怪的道路
只有在空旷的大戈壁
才显得真实而又奇幻

当人们
把两道希望的目光
落下来
并牢牢地铸在地面
就会化作
这样两条平行的线

1981年12月21日

奇　迹

没有文件
所有的树在同一时间绿了

没有导师
被封闭的小鸡都懂得啄蛋壳

旋飞在遥远天空的鸽子
准确地降落在某一只熟悉的手掌

人们以名字为票证
在生活的电影院里寻找座位
人和其他的动物相比
最大的差别在于人会笑
除了疯子,最狂妄的野心家和叛逆者
也不曾背叛过语言

虽然眼神比语汇
更深刻有力

1985年6月13日

秃 顶

昔我来思，杨柳依依
今我往矣，雨雪霏霏
——这就是秃顶

四十岁没有秃顶的苗头
使人觉得你智力尚未开发
五十岁还没露出隆起的白岩石
令人遗憾你思考上的懒惰

隆准之上，眉宇之上
智慧勤耕拔尽茅草辟出一片开阔地
有皱纹盘绕如渠
有棱角隐隐如架

一片大理石铺就的广场

哲人漫步,智者徘徊
幻想的鸽群旋飞又落下
苦难的石工在岁月的河边凿浮雕
伟人胸像
就从这里立起
秃顶之美
何须假发

1986年5月20日

床

记住——
负载着你们半部人生的
就是我

我才是诺亚方舟呢

你们注定有一半是黑暗的
你们害怕那一半
那么就蜷缩到我手掌上来
昏昏沉沉地闭上眼
不看黑暗也就不存在

你们被清醒支配的时间太久了
那当然会很疲倦
那么就伏卧到我船头上来

给你一点梦想
梦幻会使你的躯体产生力量

记住——
总结了你们的全部生命的
也是我

我就是诺亚方舟

在时间黑色波涛的挥霍和喧响中
我是停泊你的岸
是唯一可靠的岛
是寒冷天地间两个互相取暖者的底座
造人的手工业作坊

你们通过我的手来到人世
又通过我离开

我其实是一扇设在生死之间的门
白昼你们从我这儿出发
去体验生
夜晚你们乖乖地回来

像死了一样

你们走不了多远

全部内容就这么简单
你们每天都诞生一次死亡一次
却对诞生习以为常
对死亡怕得要命
你们在门上
却找不到门
还有什么可说的呢
从这扇门通过
既不能带来也不能拿走
所以要你们尽量脱光
这些话已经接近天机了
不说了

记住——

我是公正的
给了你们同样的尺寸

1986年6月11日

遥　远

一

我在寂寞中
寂寞在我脑子里

我听见它在嗡嗡
如电冰箱的呻吟
日光灯的喧哗
它跳着狐步舞徘徊
尾巴上拖着一支你的乐曲
交响
独唱
刻骨
沉迷

我听见了
它的旋律

二

为什么
要有爱
为什么
爱比恨更让人痛苦
为什么
爱像一颗子弹
使灵魂痉挛

三

我愿意
堕落与沉沦
因为我
额头高洁
心灵坦荡
还因为我
永远是一匹三岁口的马

撞击并跨越
生活的栅栏
另外就是因为
我纹脉奇异的掌心里
正生长着一粒
肉色红宝石

星辰般
召唤我

四

我愿意永远是
中尉
假如这意味着
永远年轻
永不退役
潇洒地走向被攻克的城池
打着口哨
忠于爱情
玩弄命运

我愿意永远是
中尉
让他们
在汽车里打盹吧
我一生都骑着
诗的白鬃烈马
奔跑……
让他们全都学会衰老
我却学会年轻

五

使自己年轻的秘诀是
背叛记忆
背叛时间
背叛皱纹和白发
背叛责任编辑和奖金
背叛自己

原谅我
我背叛了你
你的爱

你的友谊
你的义正词严的责骂
都被我珍重地折叠好
装进背囊
带上路途
至于其余的
都被我当作负担精简了
对不起

唯有对母亲和风
我无法背叛

六

一切遥远的
都是亲近的
一切缠绕的
都是让人心烦的

雨比开水遥远
雨是诗
开水只能是水

空中雪花比路边积雪遥远
雪花是无声的音乐
积雪是垃圾
一河之距
变腐朽为神奇

七

两只紧握的手
一旦松开
就成了遥远

八

忌妒的罂粟花
在你周围
美丽地盛开了
不要哭
应该优雅地
欣赏她们

九

有一天
我正从楼梯上走下来
突然怔住
三秒钟
周围空无一个
我知道了
这一刻
我恰被一粒遥远的思念
所击中

十

你可记得那窗帘
那种颜色
那样图案的
窗帘么

十一

地球不会膨胀

人口却在增加
那个笨重呆板的清洁工
正努力而又无效地
清除爱情造成的果皮

爱情娇嫩地哭着
人们同情她
指责那清洁工
“蠢货,滚远点!”
于是爱情与和平
在公园里接吻
制造更多的果皮

清洁工远远地
走来走去

十二

我相信
我永远不会占领你
而你也永远不会
沦为我的殖民地

你是我欣赏的名画
是我爱读的书
你是我悠然神往的坦桑尼亚
是我沉思的危地马拉
你是我抬眼望晴空时
一朵悄然滑过瞳孔的云
你是我淹没在人流时
唯一识别我的人
我远离你时
就离你最近

十三

女孩子
小妹妹
妖精情人
巫婆大姐
哀伤的嫂子和
害眼病的老母亲
你们都一律是
女人

半个世界
庇护我

用最刻毒的对你们的侮辱
组成了人间的咒骂
就是所谓男人们的
全部人格

十四

世上确有
明哲与温柔
爱与不爱
结婚与离婚
盟誓与哗变
然后
一对白头老者
失却性别的和睦
一双远离或靠近的坟墓
两个凄凉的终结

世上确有

明哲与温柔

十五

这一刻你在哪儿
这一刻
刻骨铭心的一刻
视死如归的一刻
转瞬即逝的一刻
若有似无的一刻
这一刻即是对
整部人生的褒奖

十六

你说"你杀过人吗"
我说"我没有"
那好,你说
"伸过来
让我看看你的手"
许久
你抬起头

望着我的眼睛说
“杀过
是女人”

十七

是在现实中犯罪然后在文字中忏悔好呢
还是在文字中犯罪然后在现实中忏悔好
这就是个问题
问题都一定迫在眉睫
不迫在眉睫的不算问题
好好想想吧
哈姆雷特或者苏莱曼

十八

电话铃声
急促、尖锐
一股一股地
蹿出来……
(像憋不住了的被尿刺激着的膀胱)

我离遥远很近了

遥远却依然离我很远

1987年3月17日

渔父

伍员奔吴,追者在后。至江,江中有渔父,子胥呼之,渔父欲渡。既渡,渔父视之有饥色,曰:为子取饷。渔父去,子胥疑之,乃潜深苇之中。父来,持麦饭鲍鱼羹,盎浆求之不见,因歌而呼之。子胥出,饮食毕,解百金之剑赠渔父。不受,问其姓名,不答。子胥诫渔父曰:掩子之盎浆,无令其露。渔父诺。胥行数步,渔者覆船自沉于江。

[序歌]

浩浩江中
芦苇成丛
隐约一人
独钓寒翁
天高地回

宇宙无穷
千年往矣
云水从容
只有渔父
布衣未名

〔渔父〕秋风起于芦管的时候
人便空虚了

我不知我在等待谁
不知等待什么
江水如梦,芦苇如兵阵
肃杀啊世间没有什么刀剑
比秋风更杀人的心

欲哭泣已没有泪
欲呐喊已没了声音
寂寞啊
渗透了魂灵
我哪是钓鱼的
我是在痴心垂钓千年知己呢

〔伍子胥〕前有江水后有追兵
天岂亡我乎
想我伍员仇未报,心未死
空白了一头愁发
却要染自家鲜血
恨天地之大
竟绝英雄路！罢
待转头拔我鞘中长剑
杀一个够本
杀两个赚一个

〔渔父〕忽闻江岸烟尘乱
何故有喧喧?
人间百事不嫌烦
城头吴王旗
变幻越王剑
直杀得人仰马翻
正闹得流民离乱
扪心问谁有本事改桑田?
儿郎虎豹,虎豹儿郎
还不都因眼窝浅处心思短
猛抬头见有一人岸上唤

白发焦衣意茫然
“来也!”
一桨拨走半边山

〔伍子胥〕追兵奈我何
乱箭纷纷入碧波
人到紧处情更迫
船入苇中自隐没
天作的巧合
水赐的恩德
伍员我啊怎么说
也是个人中豪杰
顷刻化险为夷了
转眼路途开阔
明日啊听我再唱大风歌

〔渔父〕坐稳了！君稍待
见君面有饥色
让我给你弄点吃的来——

〔伍子胥〕搞什么名堂
施什么计策?

莫非这个人是间谍
在这儿等我
瓮中捉鳖?
他去得鬼祟
他走得蹊跷
我不能不防啊
挟其桨潜苇中
看这家伙如何动作

〔渔父〕咦？人呢
大水茫茫天地间
仓皇人儿不在船
饥饿的陌生人啊
惊魂何故未稍安
四处唤
——芦中人岂非穷士乎

〔伍子胥〕果真有鱼饭
加餐且加餐
慌神甫定方觉饿
渔父麦饭香

胜过大王群臣宴
救命的渔翁
疗饥的饱饭
慷慨谢义解我腰间百金剑
救我一命权当报偿
令你终生不再愁吃穿

〔渔父〕你是谁
我看你不似穷困的人
此剑何等剑
我受之何用
渔父钓鱼不杀人
我亦有剑呵剑为桨
我亦有道呵道为船
而今船在桨却无
敢问何故掩我桨,赠尔剑
你是谁人为哪般

〔伍子胥〕别问我从哪里来
也不要问我到哪里去
我是深山一猛虎
偶落平川遭犬追

我是天底一男儿
人间报仇三年期
头白似雪,仇深如海

我对任何人都不会相信的
只有藏起船桨
我才能放心离去
这就叫不怕一万
只怕万一
(渔父诺。覆船自沉于江。)
江风浩浩
何人叹息
芦苇丛丛
是我布衣
随风扬絮
任火成灰
怀藏鸥鹭
根系污泥
信其不信
疑所不疑
飘萧一叶
谐于天地

天地无名

渔者何故而名之乎？

秋风起

吾当去

1994年6月25日

大　错

这是一个以谈论为主的时代
性和爱情
被谈得体无完肤面目全非
争先恐后的谈论家逃难般
涌进市场

你没有想好就发言
你不可能弄清就发言
你或者以为蜥蜴的本能就足以概括
你哭了一次,然后
就被自己感动得又哭了
你在一杯糖精里品尝着正确的幸福
值此之际,我可是什么也没有说
我什么也没说。我只说
“我不懂。”

我不懂因而我极其慌乱
在慌乱中我像瞎子一样摸索
我决不熟悉这当中的一切技艺
我恨技艺
这里面的什么窍门啦韵味啦,以及
种种勤快大胆的办法啦我都恨
我在黑暗中坐着
我把一百年当一小时那样等待着
我等着那一个奇迹出现或不出现
毫无声息
飘然而来
那时只有瞎子能够听见
其他人大睁双眼徒然明亮

眼睛!在额顶栖息

她出现了
她因你而出现
你好几天没看见
你看见时就明白了
——是她

别人说她轻浮而浅薄
还指出她不如你（你全没听见）
你的眼睛越睁越大——
看，那颗仙女星座翩翩降临
脚踩雪白的稀世名马

只有等待
才能发现
那是你前世的冤家今世的掘墓人

她要把原来的那个你，杀死
我不知道
这是不是爱情
我成了一只瑟瑟发抖的
可怜而又善良的
老狼

这只老狼的心在失声痛哭
它在那道裁决着过去和未来的
锋快的利刃上嗥叫着打滚
它不知该向谁说“饶了我吧！”
在网中，一霎时

眼看着嘴巴疯长成又尖又长的狼吻
光滑的肚皮上长出褐黄色的茸毛
尾巴上半部发黑

都是因为
你念了咒

为伊消得人憔悴
伊是谁
记得绿罗裙,处处怜芳草
芳草是谁
拼将一身力,君尽今夜欢
君是谁
蓦然回首那人却在灯火阑珊处
那人是谁
谁都是谁都不是
谁都不是谁都是
爱情是一个境界
并非人人有份

爱情走起路来跌跌撞撞摇摇晃晃
高一脚低一脚深一脚浅一脚

它一个人不会走
非得两个人扶着走
扶着也走不稳

爱情是睁开额顶上的那只眼来
互相辨认

爱情像狗一样用鼻子闻

爱情是一只
施放墨汁的墨鱼

爱情是让两个人变成白痴
其他的人全生恨意

爱情就是为了得到一个人
被所有的人唾弃

爱情就是一次灵魂的自杀
和涅槃

爱情就是什么也不是的是

狂犬病

病狂的无力
残忍的善良
蒙昧的智识
甜蜜的蠢话
清醒的梦游
美丽的折磨
以及以及
等等等等

你的严刑拷打
使我在白天说出了梦话
你使我灵肉分离
肉体的躯壳在行走
向人微笑并彬彬有礼
而灵魂却在空中僧侣般跋涉远行
被秋风吹散
复聚合
被大雪击溃
又凝固
日晒雨淋雷劈电打

这可怜的
无家可归的灵魂呵

谁收留它
地狱
天堂
温柔的手
野兽的乳房
辉煌殿堂的晚宴和舞会
孤独伟人的山野茅屋
漂流的痛楚呵
唯我独知

我想滔滔地说话
但每一次张口
都说的不是我预备说的话
我完了
我知道自己已经彻底地结束
我可以去死了
我唯一不遗憾的就是那桩
让我遗恨千古的事了

九州生铁铸大错
以平定煤铸太行铁而矗立起来的大错
大错高耸如塔如纪念碑
雄浑恢宏明媚窈窕
大错至错
大错不可救药
大错比一切正确都正确
大错比一切作品都作品
大错永恒我永恒
大错万岁
我也跟着万岁

可是我一点也不想万岁
让万岁见鬼去吧
我只想
活到老
学到老
现在,我正在读一本
《现代灵魂的自我拯救》
我知道这救不了我
因为我的灵魂
极其古典

我灵魂的破铜烂铁和古石器呵
我的藤盾断矛折戟沉沙的灵魂呵
你是荒漠
你是废墟
你没有资格谈论生机勃勃的爱情
爱情是花鸟虫鱼
你是疯狗
爱情是床前明月光
你是黑影

好吧,我闭嘴
晚安

1988年1月13日